东　西 / 主编

广西当代作家丛书（第五辑）

陶丽群　著

黄昏的酒

广西人民出版社

图书在版编目（CIP）数据

广西当代作家丛书. 第五辑. 黄昏的酒 / 东西主编；陶丽群著. —南宁：广西人民出版社，2023.9
ISBN 978-7-219-11618-0

Ⅰ. ①广… Ⅱ. ①东… ②陶… Ⅲ. ①中国文学—当代文学—作品综合集—广西 ②中篇小说—小说集—中国—当代 Ⅳ. ① I218.67

中国国家版本馆 CIP 数据核字（2023）第 172590 号

GUANGXI DANGDAI ZUOJIA CONGSHU（DI-WU JI） HUANGHUN DE JIU

广西当代作家丛书（第五辑） 黄昏的酒

东　西　主编

陶丽群　著

出 版 人　韦鸿学
策　　划　罗敏超
统　　筹　覃萃萍
责任编辑　覃萃萍
责任校对　覃丽婷
封面设计　翁襄媛

出版发行　广西人民出版社
社　　址　广西南宁市桂春路6号
邮　　编　530021
印　　刷　广西民族印刷包装集团有限公司
开　　本　787mm×1092mm　1 / 16
印　　张　14
字　　数　155 千字
版　　次　2023 年 9 月　第 1 版
印　　次　2023 年 9 月　第 1 次印刷
书　　号　ISBN 978-7-219-11618-0
定　　价　45.00 元

版权所有　翻印必究

"广西当代作家丛书（第五辑）"
编委会

主　任　严　霜　东　西
副主任　钟桂发　牙韩彰　石才夫　韦苏文　张燕玲
委　员　朱山坡　严风华　凡一平　蒋锦璐　潘红日
　　　　　田　耳　李约热　盘文波　王勇英　田　湘
　　　　　盘妙彬　丘晓兰　房永明

主　编　东　西
副主编　石才夫
编辑部主任　房永明

总 序

从2012年党的十八大召开到2022年党的二十大召开，这段历史，在党的二十大报告中，被称为"新时代十年的伟大变革"。这十年，以习近平同志为核心的党中央团结带领全党全国各族人民，迎来中国共产党成立一百周年，中国特色社会主义进入新时代，完成脱贫攻坚、全面建成小康社会的历史任务，实现第一个百年奋斗目标。历史性的胜利，彪炳史册。

这十年，也是中国文学界牢记习近平总书记嘱托，坚持以人民为中心的创作导向，从"高原"持续向"高峰"攀登的十年，是"文学桂军"锐意进取，不断夯实基础、壮大实力、提升影响的十年。

2001年至2012年，广西作家协会在自治区党委宣传部的大力支持下，精心组织，陆续编辑出版了"广西当代作家丛书"一至四辑共80卷本，80位广西当代有成就、有影响的作家入选该丛书，成为中华人民共和国成立以来广西文学界规模最大的文化积累工程，此举备受国内文坛瞩目。可谓功在当代，利在千秋。

从2012年至今，刚好十年过去。"文学桂军"在小说、报告文学、诗歌、散文、儿童文学等体裁创作上，又涌现出一批具有全国影响力的代表性作家,少数民族作家队伍的创作实力在全国处于领先地位。国运昌盛,文运必兴。编辑出版"广西当代作家丛书(第五辑)",推出新一代广西作家,成为文学界共同的期待。

十年来,得益于自治区党委、政府的关心支持,得益于自治区党委宣传部的正确领导和大力扶持,"文学桂军"呈现出良好生态和健康发展势头,一批作家频频在全国重要文学刊物亮相,一批有分量的作品在全国各知名出版社出版。陶丽群获第十一届全国少数民族文学创作骏马奖,红日、李约热、莫景春获第十二届全国少数民族文学创作骏马奖,朱山坡、李约热分别获第七、第八届鲁迅文学奖提名,东西的长篇小说进入第十届茅盾文学奖前20名。十年来,据不完全统计,广西作家出版长篇小说、中短篇小说、散文、诗歌、儿童文学、报告文学等专集选集共600多部。一批作品获广西文艺创作铜鼓奖,《人民文学》《小说选刊》《民族文学》等刊物年度优秀作品奖,以及《小说月报》百花奖、花城文学奖杰出作家奖、郁达夫小说奖、茅盾新人奖、《雨花》文学奖、华语青年作家奖、《钟山》文学奖、《儿童文学》金近奖、"小十月文学奖"佳作奖、华文青年诗歌奖、三毛散文奖、冰心散文奖等,入选各类文学排行榜。"文学桂军"已然成为家喻户晓、有全国影响力的响亮品牌。

为进一步繁荣广西文学事业,全面展示党的十八大以来广西文学创作的丰硕成果及新时代广西作家的精神风貌,广西作家协会决定组织出版"广西当代作家丛书(第五辑)"。

该丛书的入选作者须具备三个条件:一是作者须为广西作

总　序

家协会会员，中国作家协会会员优先；二是近年来创作成绩突出，曾经获得全国性文学奖或自治区级文学奖；三是个人创作成绩显著，作品在全国重要刊物发表。在广泛征求意见基础上，经各团体会员推荐、广西作家协会主席团会议酝酿讨论，实行无记名投票推选，共评出入选作家20名。田耳、田湘、王勇英等作家，由于作品版权原因，遗憾无法纳入本次选编。一批作家近十年创作成果丰硕，由于已经入选前四辑丛书，本次不再选入。

习近平总书记曾多次指出，文运同国运相牵，文脉同国脉相连。文化兴则国家兴，文化强则民族强。当代中国，江山壮丽，人民豪迈，前程远大。时代为我国文艺繁荣发展提供了前所未有的广阔舞台。"文章合为时而著，歌诗合为事而作。"衡量一个时代的文艺成就最终要看作品。推动文艺繁荣发展，最根本的是要创作生产出无愧于我们这个伟大民族、伟大时代的优秀作品。没有优秀作品，其他事情搞得再热闹、再花哨，那也只是表面文章，是不能真正深入人民精神世界的，是不能触及人的灵魂、引起人民思想共鸣的。习近平总书记关于文艺工作的重要论述，已经成为广大文艺家的自觉遵循，内化于心，外化于行。收入本辑丛书的作品，内容丰富、题材广泛、风格多样，在记录伟大时代、反映现实生活、讴歌人民创造等方面，用心、用情、用力，很好地体现了以人民为中心的创作导向，集中展示了祖国南疆新时代蓬勃多姿的文学景象。

习近平总书记在党的二十大报告中指出，推进文化自信自强，铸就社会主义文化新辉煌。全面建设社会主义现代化国家，必须坚持中国特色社会主义文化发展道路，增强文化自信。坚持以人民为中心的创作导向，推出更多增强人民精神力量的优秀作品，培育造就大批德艺双馨的文学艺术家和规模宏大的文化文艺人才队伍。这为新时代新征程的文化建设和文艺创作指出了正确方向，提供了根本遵循。

当前，全党全国各族人民正在深入学习宣传贯彻党的二十大精神，满怀信心向第二个百年奋斗目标迈进。编辑出版"广西当代作家丛书（第五辑）"，可谓正当其时，也是贯彻落实《中共中央关于繁荣发展社会主义文艺的意见》和《中共广西壮族自治区委员会关于繁荣发展社会主义文艺的实施意见》，用文学助力建设新时代中国特色社会主义壮美广西的最新成果。

伟大时代必将激励、孕育伟大的作家和作品。希望广西作家和文学工作者，坚定文化自信，做到文化自强，坚守艺术理想，追求德艺双馨，不断增强脚力、眼力、脑力、笔力，以刚健、厚重、先进、质朴的创造抵达伟大时代的艺术高度。诚如中国文学艺术界联合会主席、中国作家协会主席铁凝所寄语的那样：广西文脉深厚、绵长，新时代新征程上，相信广西作家能以耀眼的才华编织崭新"百鸟衣"，描绘气象万千的"美丽的南方"。这是时代赋予我们的责任，唯有俯下身子，深入到火热生活中去，深入到人民中去，不断学习，不断攀登，以作品立身，以美德铸魂，方能不负时代，不负人民。

是为序。

石才夫

2022年10月31日

CONTENTS　目　录

001　万物慈悲

059　黄昏的酒

091　白

137　晚风吹过南屏

191　平安房

212　后　记

万物慈悲

一

荒芜的。蓬勃的。寂静的。

空无一人的小径早已被野草淹没，房屋破损不堪，屋檐的檐角半耷拉着，呈现一种一碰即落的脆弱感。洞开的门窗爬满各种藤类植物，居然有不少是丝瓜秧子和苦瓜秧子，繁茂的枝叶中绽放着夺目的嫩黄色花朵。但寻遍藤叶间不见半根丝瓜或苦瓜，谁都不知道它们把果实结到哪里去了，或者根本就没有结果。万事万物在这失去人为秩序的荒芜中成长出一种极为蓬勃的生命力，野草、树木、虫鸣、鸟叫、阳光，甚至是呼吸到的每一口空气，都带有一种你看不见却无法忽略的强大气息扑面而来。这里实在太空旷了，颓败是空旷的，蓬勃是空旷的，四周的大山是空旷的，高远的天空是空旷的，时间亦是空旷的，从群山顶飞过的鸟群，看起来就像森林中的一片叶子，倏地一闪便消匿在白茫茫的天空里，这种空旷便猛地淤生出一种久远而深沉的、布满忧伤的寂静。置身于这种寂静里，人就有一种找不到肉身的感觉，仿佛整个肉身都被这种寂静融化掉了。但奇怪的是，如此颓败而荒芜的寂静并未使人感到孤寂，深邃的寂静里分明有一种我无法形容的东西，像极冬夜火炉里散发出来的光晕。

是什么？我努力思索，沿着野草覆盖，依然依稀可见的碎石路，围着这个被废弃已久的村庄找了一圈又一圈，依旧一无所获。我有些累了，坐在一个已经倒塌了半边屋墙的房子前的磨盘上。这种用山上石头凿出来的磨盘每座房子前都有，磨玉米、磨木薯、磨各种当馅料用的豆类。人坐在磨盘前，磨着磨着，不知不觉的，人的一生也磨掉了。

这盘磨盘的木制手柄已经腐朽掉，只留下那截嵌入石孔里的木头。我折了一根枯枝，戳入石孔，那截木头已经腐得很松软，我没费什么力便把它捣了出来。被清理干净的石孔像一只眼睛盯住我。它当然认识我，因为它身后这栋已然腐朽的干栏房子就是我家。它已经朽烂掉的木质手柄熟悉我右手掌心的每条纹路，以及手掌的温度。我在这个叫念井的村庄里待到十八岁才离开。念井其实没有井，一口都没有，只有一孔躲在一块凸出来的大石块下的泉眼，整个村庄的饮用水都来自这孔泉眼。它在半山腰上，旁边挨着一座用石块垒起来的小庙宇，非常小，只能容纳一个成年人盘腿坐在其间。里面供奉一尊铜制的香炉。每年大年初一，村庄里的妇女便早早来给它上一炷香火，祈求一年的平安与顺遂。但其实，这座粗陋的庙宇四处漏风，往往连初冬那场最小的雨水都没能遮挡丝毫。因此，当母亲离开之后，我家再也没在年初一时给它上过香，那时家里只剩下我一个人了，而我并不迷信这座粗陋的庙宇会给我带来什么好运。

置身于这颓败的、面目全非的出生之地，我竟然毫无陌生感，好像我们之间从未有过差不多二十二年的分别。当初我只身离开，如今我又只身回来。二十多年的时间压缩成两页薄薄的书页，轻轻一翻就到了二十多年后的今天，轻轻一翻又回到了二十多年前的昨天。生命于时间而言，简直微茫到可以不置一词。

我朝洞开的门口张望，门洞那里长满了苍耳。这种植物一般只长在半山腰，不知怎的竟然跑到这里来安身立命了。它的身上结满了拇指大小的椭圆形刺球，人走过去，会被粘满两裤脚。小时候大人带我们上山干活，将我们放在地头玩耍，一不小心，苍耳便粘满我们的头发，摘掉的时候往往也连带拔出一把头发。如今它长成一大簇，霸气十足地把着门。两扇木门朝里开着，门板上千疮百孔，是虫蛀的，那也是时间流逝的隧道。我盯住那簇苍耳，有一刻产生走过去拔掉它的冲动，但我最终坐着没动。

其实我也不知道为什么要回来。当初离开这里时我从没想过要回来，内心积着一股连根拔起的狠劲。我十八岁离开念井，在县城待过一段时间，又去了市里。我二十五岁时，这个村庄，不，应该说是这片山里的好多个村庄全搬迁到镇上去了，因为这片山里的生存条件实在恶劣。离开念井到县城之后，基本上我只在三月三才回来，因为这片山上躺着我的几位祖先，我必须回来给他们清理坟头上的杂草，添新土，上香火。我去了市里后基本不回来了，只有姑妈一家在拜祭。

前些天，我做了一个梦，醒来后打电话给姑妈，告诉她我梦见念井了。这是这么多年来我唯一联系的亲人，除了她我不知道该和谁诉说我的梦，特别是关于念井的梦。姑妈像是刚从梦中醒来，含含糊糊地对我召唤："小妖，你回来吧，你都多久没回来了。"我踌躇好久：回去干什么？有什么意义？能帮助我赶走铜墙铁壁般的孤独感吗？城里人满为患，即便你严严实实地堵上门窗，外界的声响也会侵入。但这个庞大而喧嚣的城市却常常让我有如置身于寸草不生、人迹全无的荒漠之中，黏稠而厚重的孤独感将我挤压得无处可逃。我终于下决心回来，又开始犯愁该给姑妈带什么礼物，终于也是什么都没买，只带了两身换洗的棉质衣物回来。

姑妈七十一岁了，姑父早已去世，他们的两个女儿远嫁——不是一般的远，要坐动车，还要坐飞机。她们每年轮流回来过年，免得姑妈在大年夜落寂。难道一个人的落寂，只在大年夜才有吗？

我到达镇上时已经是下午四点，太阳偏西了，老人们东一堆西一堆聚集在一起。他们并不说话，只是单纯地静静地坐，好像怕冷，要在一起聚拢一点儿暖气。他们安静的样子让人觉得时间在他们身上凝固了，似乎此时此刻便是永恒。我从他们面前走过，他们安详地瞧着我，并无任何惊奇，有一种看透一切的淡然与平静。我不知道人老了之后是不是都这样。

姑妈的家在一处斜坡上，门前有一棵扁桃树。她正正地坐在家门口，穿一身黑衣，包头巾也是黑色的，黑黝黝地隐在一片阴影里。她身后的家门洞开，里面也是一片幽暗。姑妈一直朝着我该来的方向望，我就这样慢慢落进她的视线里，待我走到她面前时，笑容已经在她的脸上晕开了。她和我父亲长得很像，称得上眉清目秀。我父亲读过高中，她识字不多。姑妈在阴影里缓慢地站起来，像极一株被风吹动的古老植物。

我轻轻唤她一声。这里实在太安静了。其实村子就挨在镇子边上，但镇子五天才逢一次集市，只有集市那天，山民才挑他们的土货陆续从深山之处涌出来，汇集到镇子上，这个群山之中的镇子才算有些许人声，热闹上一阵子。过了午时，下午三四点后，山民又挑他们用土货换取的生活用品走上各条山间小路，一下子又隐匿进大山里。大山看起来像极一座包罗万象的魔术城堡。小镇又恢复了多半数时候那种看不见底的寂静。姑妈一向很清瘦，那种清瘦里透出一种让我惊心的脆弱，我怕我的声音稍微重一点儿，就让脆弱的她不堪重负了。

她只是笑，转身慢慢走进门洞里，领我进屋子。一股清香而温暖的气息弥漫在屋子里。这种气息我太熟悉了，是从山上采摘来的草药煮出来的茶水发出的，饮用这种茶水可祛暑利湿，令人神清气爽。它的气味有点儿类似桂花的香味，入口苦中有甘。小时候，每次进姑妈家，多半都有这种氤氲的气息萦绕。

她给我倒了一碗温热的草药茶，又从锅里捞出三个水煮蛋。

"先吃一点儿，晚饭还早。"她说。

我和姑妈待了三天。碰巧都没有逢集市，我们便每天待在家里，早上到镇子上买点儿猪肉，蔬菜是姑妈自己种的。小白菜、西红柿、茄子、香菜、几架子豆角，都长得很好，杂草清除得很干净。我想找点儿事做，但屋内丁净整洁，实在没有可插手的活儿。我们便坐在屋檐下。姑妈好像只有两身衣服，并且全是黑色的，我打开她的衣柜，见各色衣服都有，颜色也很鲜亮，肯定是她的两个女儿买给她的。她不肯穿。我则一身淡蓝色的棉布衣。我们两个人就这样坐在屋檐下的阴暗处里，也并不怎么说话。姑妈不是一个爱唠叨的人，她的安静透出一种让我也逐渐变得安宁的神奇力量。

屋檐下的阴影越来越广，也就是这片阴影，才让人感觉到时间在流逝。我想到姑妈这样长年累月一个人坐在这片阴影中，忽然心就疼起来。

"姑妈，你应该留下一个堂姐。"我说。

"留下做什么？"她笑了一下。她的脸上有皱纹，但皮肤很细腻，透着健康的光泽。她一生都用牙膏洗脸，冬天抹一点儿兑水的蜂蜜当润肤露。

"陪伴你，给你养老嘛。"我说，望着那片越来越宽的阴影。

"她们有自己的路要走。"她又笑了一下。

"当年你也是这么说我妈的。"我说。

"是吗？我不记得了。"她转过脸，仔细望我一眼。

"你对我说她有自己的路要走，所以她走了。"我说。

她没再说什么，把脸转回去，又恢复那副安静的样子。那真是一种彻底的安静，你望一眼便可知她既不在回忆过去，也不思索眼前，更不考虑未来，只是单纯地与此时的自己为伴，与此时此刻为伴。我从未在城里见过这样的人，城里的人似乎身上都端着一个伟大，并且迫切需要实现的梦想，他们的言行和表情之中总带有一种让人望而生畏的急迫感。我不知道我是不是也给人这样的印象。

在吃晚饭时我告诉她,想去念井走一走。姑妈点点头,对我说:"你是该去走一走。"我有点儿吃惊,不知道为什么我就"该"。姑妈看出我的疑问,笑了,说:"出生之地能帮你想通很多事情。"

"我没什么想不通的。"我笑起来,这个老古董,简直成精了。

"没有就好。我们的村子再往里走还有好些小村庄,你可以进去看一看,里头还是有人的,只要你不怕就成。"她说。她小口小口地喝粥,她的晚饭只喝粥,菜也不吃,就是白粥。她一向对生活要求很简单,是不是这些日常并不能提供给她乐趣,所以她才变得如此简单随意?我并不能够确定。

"有什么好怕的。"我说。

于是我便来了。将自己扔进这阔大的荒芜与寂静里,草木如此蓬勃,山之巅如此幽远,天空如此浩荡,人如此微渺。

在空荡荡的村庄里慢慢行走,一座座腐朽的房屋就是一段段凝固的时间,里面曾经繁华的烟火生活也早已沉入时间的湖底,而我始终觉得似乎有很多东西尚未过去,或者说我不想让它们过去,它们像眼前驳杂的草木般羁绊在我的生命里,且越长越茂盛。

我从磨盘上站起来,朝敞开的门洞走过去,在那丛繁茂的苍耳前驻足。屋里的光线倒也不暗,因为堂屋正中的屋顶上已经塌陷了,豁开一个圆形的大洞口。天光从这个洞口直直倾泻而下,当然,还有雨水。因此,对着这个洞口的地板上长着一片茂盛的杂草,一株肥硕的七色花长在杂草中,繁花如星星。它们长在屋顶塌陷后摔落在地板上的黑色瓦砾堆之中。一栋房屋里,即便再破败,但长着这样一片繁茂的杂草，还是让人产生非常奇异的感觉，难以置信我在这栋屋子里生活过。我静静驻足，周围安静得可以听见自己胸口的心跳声，最后我仰望屋顶豁开的洞口，目光沿着光束落在堂屋地板上那堆隆起的碎瓦砾上，以及瓦砾堆中生长的杂草。这一切，是不是这栋房屋该得的结果？

我一直转悠到午后才走出这个破败的村庄，很快就在一个快被杂草淹没的岔路那里找到一条继续往山里延伸去的小路，顺着青葱的杂草往里走。这条路我当然见过多次。留在记忆里的也是一条碎石裸露的山路，时隐时现的蜿蜒在茂密的山林里。通常走着走着，一个人影便从天而降般忽然出现在你面前，想必对方也是这种感觉，因为彼此的来路都被山体遮住了。我还居住在这片山里时，从没往山里走过，里面没什么亲戚可走。况且越往里走，生活条件也更为艰苦，一般都是里面的人赶着出来的，没有外面的人往里走的道理。

我妈倒是久不久往里面去一趟，这是念井人尽皆知的事情。我读过高中的父亲有些文艺气质，他不知从哪儿学会吹长笛和口琴。当念井沉浸在一片如水般朦胧清幽的月光下时，我爸便爬到屋后一块巨大的石头之上，坐在那上边开始根据他的心情选择口琴或者长笛吹奏曲子。他总是吹同一首曲子，后来我才知道那首曲子叫《在水一方》。他的行为常常招致村人笑话。想一想吧，白天挑着臭烘烘的粪肥给庄稼地上肥，晚上弄这酸不拉叽的东西，还不招人笑死？对此我妈总是一言不发，不管我爸蹲在那块大石头上吹到何时，到该睡觉时，她会非常果决地吹灭煤油灯，将自己毫不犹豫地放进暗夜里。偶尔，我会在黑暗中听见她一两声轻轻的叹息。我爸和我妈的婚姻是姑妈做的媒，我奶奶在他们还未成年时就去世了，爷爷是个只对喝酒负责任的人，因此我爸的成长、读书、成家等诸如此类的人生大事全仰仗我姑妈操办。我妈长得不错，是我姑妈在一次赶集时遇见的。我想姑妈肯定非常了解自己弟弟的品性，他不是个安分过日子的人，因此她想通过一个女人的姿色让胞弟甘心过生儿育女的俗常日子。我妈的家并不在这片山里，而在与我们的镇子相隔一条河流的邻乡。姑妈寻上门时，我外公外婆见姑妈长相端庄，又是给亲弟弟做媒，弟弟还读过高中，便一口答应了。

上初中后，我开始研究《在水一方》，歌词被我反反复复推敲，我想从中找到一点儿端倪。那时候离手机普及的年代尚早，我当然没机会听其音。当然了，我也不陌生，早就听够我爸用长笛和口琴吹奏的《在水一方》了。我没能研究出什么，也可能是我太过于迟钝。"有位伊人，在水一方"，何为"伊人"？我爸和这位"伊人"怎么了？"在水一方"又是哪里的"水"？"方"又在哪里？全然无头绪。我爸到底去了哪里，我和我妈一无所知，我姑妈肯定也不知道。我上小学五年级时，我爸在一次赶镇集时，没再回来，与此消失的，还有他的长笛和口琴。关于他的消失，念井有很多流言，有的说看见他随镇上去县城的最后一班车离开了。有的说在省城见过他，像个乞丐流落街头。还有的说在别的乡镇见过他，他给别人当上门女婿去了。对于我爸的离开，我并没有太多伤感，他从未打骂过我，我也没感受到他对我有多疼爱，我的出生于他而言像是一个意外，这个意外并不值得他惊喜。

我没想到会有一个村子离念井这么近，沿着快被杂草淹没的碎石路往里走，只拐过一片林子和一座山头，便在半山腰上看见山下这个村子，坐落在一条狭长的山谷里，两边都是高耸的群山。村里长着树木，很高大那种，站在半山腰上，看见它们直直地从某一栋房屋之上戳出来，仿佛是从屋顶上长出来，其实是它们的根部被房屋挡住了。这样的树很多，村子看起来不像是个有人住的村子，倒像是树的村子。房屋是那些高大的树木的点缀物。

我在路边一块岩石上坐下来。同样的寂静。其实也并非完全没有声音，山风吹拂过林木的唰唰声，虫鸣鸟叫声，忽然从山上的林木传出来的莫名声响，但这些声音在静默的、雄阔无比的高山前简直不值一提，庞大的群山像一块磁铁，瞬间就把一切声响给吸住并消解掉。我坐了很久，吹了很久的山风，晒了很久的阳光。带着浓郁草木气息的空气让我产生微醺的感觉，变得昏昏欲睡的。我从石块上站起来，目之所及并无一块可以躺下的平坦石头。忽然我就笑了，要什么石头呢，这浩荡天地，何处容不下我这微弱肉身。我把双肩包扔到满是杂草的小路上，就地躺下来。包里有一包抽纸、一条毛巾、一支牙刷、一支牙膏、一套换洗的棉衣物。我把毛巾抽出来，包当枕头，毛巾盖在脸上，迷迷糊糊睡过去了。没有梦，很单纯的睡眠，等我一觉醒来，感觉人都被晒得酥软了。脖子左侧有隐隐的刺痛，一捉，是一只很肥大的黑蚂蚁，大腹便便，腿脚很健壮。我两只手指轻轻一挤压，就感觉到它脆弱的骨架了，像薄而脆的纸张，我把它放到草尖上，它挣扎了一下，很快便消失在草丛里。我真羡慕它。

站起来，往山脚下峡谷里的村庄一望，看见一缕轻柔的白烟从一栋房屋顶上升起来。

我一直在等待这缕烟火，意味着这个破败村庄里还有因为某种执念而独守之人。

我的出现让僧手里的葫芦水瓢一下子摔到地上。他站在那里目不转睛地盯住我,脚下的葫芦水瓢卧在他的脚边,直到一条毛色灰白的大狗从他身后的门洞出来,拿脑袋蹭他的腿,他才惊慌失措地如从梦中惊醒。

那大狗真奇怪,见到陌生人也不叫,很温顺的样子。

僧红头涨脸的,弯腰拾起水瓢。

我擅自走到门边一块石墩上坐下来,问他能不能借宿,我可以付钱。

他的脸又涨红起来。他应该有四十岁出头了,个子并不高,很结实,额头上有两道很深的抬头纹,宽宽的黑红脸膛,那双眼睛实在太清澈了,看人的时候很执拗,像是要看到你的心里,但这样一双纯净的眼睛怎么可能看得透人心。

"这里离镇上不远,你可以去镇上住,天还早,来得及出去。"他说。他身后的房屋很大,维护得相当不错,屋檐下吊着一排黄灿灿的玉米和黄豆,还有三个长条的冬瓜,外皮上结了一层浓厚白霜。

"我回来看看老屋,我住在念井,你肯定知道这个村庄的。我的老屋已经坍塌了,屋顶破了一个大洞。"我双手比画着说。

那双清澈眼睛里的疑虑顿时消失。

"那是的。"他说,"早就搬走了,我们上然村也早就搬走了。"

"你为什么不走?"我问。当然并不指望得到满意的答复。

"我不走。"他回答得很干脆,没解释原因。我告诉他我从市里来,已经离开很多年了。他又执拗地盯住我,然后说:"你的口音倒没变。"

我说："那当然的，剥了皮我也是念井人呐，大山里的人。"可能就是这句话打动了他，他当下就答应我借宿了。但他马上告诉我，屋里有个病人，是他父亲，已经七十七岁了，有今天没明天的，而且家里就他们父子俩。我说我不介意。屋里的干净整齐程度让我震惊，你无法想象两个男人的家里竟会这般洁净，堂屋祠堂前的饭桌摆着四把靠背椅子，规规矩矩各靠着饭桌的一边。这种近乎仪式般的规矩让我觉得这个家里有一种我暂时无法弄明白的东西存在，这种东西有非常坚固的力量。

夜幕落下来时，我们开始吃饭了。只有我和僧吃饭，僧比我还小两岁，他叫我姐，边叫边脸红，那双清澈的眼睛透着些许羞涩，我无法想象这样的人在尔虞我诈的城市里该怎么生活。晚饭是玉米饭、干辣椒炒包菜、炒苦瓜、水煮腊肉片。山里一直有熏腊肉的习惯，僧的灶台上挂满了熏制得蜡黄的腊肉。他说每年都杀一头猪熏制腊肉。柴火灶烧出来的饭菜都很不错。饭后我去厨房刷洗锅碗，僧很过意不去，一会儿进一会儿出，生怕我弄错了什么事情。这种山里生活我何其熟悉，每个角落该归置什么东西我了如指掌。

僧用菜汤泡玉米饭喂狗，它叫洛。僧在屋里呼它，洛慢慢拖着身子从门外的黑暗处走进来，靠近它的饭盆，但并不吃，只是嗅了嗅，然后抬起它的大脑袋默默注视僧。在煤油灯昏黄的光晕里，我竟然看见洛在流泪，它的两个眼角湿漉漉的。僧蹲下来，抚摸它的脑袋，洛的两只耳朵便像花瓣一样倒垂下来。这是狗感受到爱抚时惯常做出的反应，我太熟悉了。

"它怎么不吃？"我问僧。

"它太老了，它真的老了。"僧好一会儿才回答。

"它也不认生？"我又问。城里人常常养体型较大的宠物狗，很凶猛的样子，遛狗时须紧紧拽住狗绳。

"不认的，这山里能有什么生。"僧低声说。他的话让我吃了一惊。

僧的干栏屋有四间房间，还有一间房放粮食和杂物。山里的房屋一般都是这种格局，大是足够大的。他把我安置在靠近伙房的一间房间里，我和他的房间隔着杂物房。房间内的木板墙壁上糊一层报纸，我仔细查看了一下，并没任何破绽。床是空的，没有蚊帐也没有席子，上面放一捆用塑料包裹得严严实实的东西。僧站在房门口，示意我打开自己铺床。那捆东西居然是一套床上用品，床单、被子、枕头都很齐整。铺开来散发出一股浓烈的樟脑气味。我查看了一下，并不脏。洗漱后便熄灭油灯躺下了。

僧一直在屋内走动，然后就在一个房间里待着，没有人声，不断有拧毛巾时水落进水盆里的声音传来。整个世界，只有这点儿微乎其微的声音，当这声音也停止后，这个村庄便像沉入水底般沉寂了。偶尔从屋后的山上传来一两声夜鸟的鸣叫，这两声鸣叫如此孤单，成倍地放大了村庄的寂静。一种很熟悉的感觉慢慢从我心底滋生出来，与这寂静的世界渐渐交融在一起。我倾听自己的心跳声，一跳一跳的，很快就跟上了周遭的节奏。我走了那么多年，其实也并没走多远，一下子又回到了原点。

"她并没在你还小时就走。"这是我妈要离开念井时姑妈对我说的。很显然她对我妈的离开抱着很宽容的态度。也许是出于愧疚吧，自己的胞弟不明不白扔下人家，如今要阻拦，显然也是没有底气的。她可以宽容，可我不能。来这尘世并非我所愿，不能把我带来了，又把我扔下，我并非一件物品。但我妈还是走了，她走的时候比我现在还要年轻，不到四十岁。我读完中专我妈便离开了，给我留下一只沉甸甸的光面银镯子，那是结婚时我姑妈送给她的。如今落到我手里，似乎是物归原主。我妈什么都不想要，她嫁到四川去了，跟一个货车司机走了，据说他常常来镇上收购山民的药材。我不知道他们如何相遇，又如何产生情愫。我妈和我姑妈一样，都是非常安静的人，在她平静的面容下，一般很难觉察到她内心的想法。我在镇上读初中，又到省里读中专，只有放假时才回到念井。我妈整日操劳，她养很多家禽，并且终日待在山上，黄昏时挑着在山上挖的药材回来。她确实隔三岔五会到上然村来，我听到最多的流言是这个村子有一位木工技艺很精湛的鳏夫……至于后来她为什么又辗转去了四川，我并不知晓。

我妈走了以后，我继续待在念井生活将近两年。那时候中专毕业已经相当难找工作了，而对于繁华都市里的生活，我似乎并不怎么留恋。我便回到念井，在邻人和姑妈的帮助下磕磕绊绊地种植庄稼，养活自己。姑妈又开始为我操心婚事，但我坚决拒绝了。

我记得那两年我独自生活的时光。我甚至都不如一棵庄稼，庄稼尚有人除草、灌溉、施肥。我觉得我活得像山上的野草，随风吹雨打，随四季荣枯。特别是那些夜晚，整栋屋子就我一个人守着。它实在太大了，我未满十八岁的生命还难以产生滋养它的能量。房屋其实和人的生命一样，必须要有所滋养。房屋要靠旺盛的人气滋养，我的生命如此单薄，并且充满恐惧，我拿什么来滋养它。因此我的房屋总是流淌着一股清冷气息。那些夜晚，万籁俱静，孤单和恐惧如厚重的暗夜笼罩着我，常常让我有种喘不过气来的压迫感。我在半夜起来，在伙房里燃起一堆火，营造一种人为的融融暖意。我记得松树皮燃烧时所散发出来的清香的气息。那些夜晚，我面对火堆坐着，恍恍惚惚的，总感觉火堆对面坐着一个人，一个满面忧戚的人，我再一细看，那分明是另一个我。

时隔二十多年后，我又一次睡在山里，就在我在往事中渐渐沉入睡眠时，我猛地打了一个激灵，那些也是孤单一人守着一栋阔大房屋的夜晚，我妈到底在想些什么？是否也会在半夜起来燃烧一堆火取暖？

直到第二天早上阳光照耀在村子之上时，我才见到僧的父亲。僧很早就起来了，在伙房和另一个房间之间走来走去，依旧伴有毛巾拧水落在水盆里的声音。我蜷缩在床上，外面的光线从屋檐和木板缝泄漏进来。没有邻人的讲话声，没有牛铃声，没有狗吠声，没有孩子的哭叫声。一切都没有。当然不会有，上然和念井一样，已经成为历史之物了。

我的房间靠近伙房，起来后我就直接进入伙房，并由伙房后门出到屋后。僧的房屋就在山脚下，它们之间隔着一块菜地，地里的蔬菜长得很好，大多是包菜，卷筒青也有，还有一席子大的朝天椒，挂满小指大的鲜红果实。有几只毛色鲜亮的公鸡在菜地边上踱步。在一块凸出来的石头上，架着一条竹子做的水槽，从山上某处引来水源。这是生活用水，用来做饭、洗衣、洗澡、灌溉。我在水槽之下洗漱好，深深呼吸一口清晨的山里空气。清新的草木气息顺着我的鼻腔灌进肺部，我像被人从背后拍了一掌，胸腔一阵激荡。

洛懒洋洋地从伙房后门出来，走到我的脚边，埋头舔水。它并不瘦，但却有一种势不可挡的衰败相，那是一种生命力的衰败。它的眼角依然湿漉漉的，只舔了几口，便又转回去横在门口趴下来，脑袋搁在两条前腿上，半闭着双眼。我从它身上跨过去，它一动不动，也没睁开眼睛。

老人实在太瘦了，从袖口和裤管伸出来的手脚就是一层黑皮裹着骨头，细瘦的脖子让人觉得只要他扭头就会被挣断。凹陷的两腮和陷落的双眼彻底破坏了他的脸型，使人无法判断他健康时是怎样一副相貌。他微微张着嘴巴，那双眼睛也像洛的眼睛一样，半睁半闭。他躺在一张懒人竹椅上，小小的脑袋轻微颤抖，接着我还发现他的双手其实也在轻微颤抖，好像他的身体里有一台微型振动机。他就那样躺着，上午的阳光无遮无拦地落在他的身上，他坦荡地袒露于天地间。

僧从屋里出来，端一碗水。他今天穿一件有细条格的淡蓝色短袖衬衫，衬衫很旧了，不过很干净，衣角边卷着，扣子一直扣到最上面那颗，扣得死死的。他见了我，脸又一红。我盯住他扣得死死的衬衫，意识到是我的到来让他变得拘谨了。不过我并没产生任何愧疚，倒是对他产生一种类似长辈对晚辈的疼惜，在我的理解里，拘谨在一定程度上是一种尊重。

他端来的是一碗温蜂蜜水。

"他吃不下东西了。"僧说。他在老人身边坐下来，拿小勺子往老人张开的嘴里小心倒入蜂蜜水。我看见老人突出的喉结滑动了一下，显然是在咽下蜂蜜水，他并非毫无知觉。咽下蜂蜜水后，他终于缓缓睁开双眼，直直盯住天空。继续咽下半碗蜂蜜水后，老人似乎缓过一口气来了，头也没那么抖了。

我想和老人打招呼，但僧对我摇头。老人执拗地盯住天空，这倒和僧有点儿相似，也很有可能是他已经控制不住自己的意识了，只能这样盯着。山里上午的天空并不明亮，阳光被四周浓密的、绿得近乎发黑的草木给暗化了，天空因此并不刺眼。给老人喂完蜂蜜水，僧轻轻捏老人的手脚。他说老人在床上躺了两年多，只要不下雨，早上他会把老人抱出来晒一上午阳光，顺便给老人捏捏手脚，活络筋骨气血。老人吃不下任何东西已是半个月前的事情。

他叫我先吃早饭。还是玉米饭，只是比昨晚煮得稀了一点儿，菜是冬瓜片炒西红柿，非常可口。我吃早饭时，洛进来了。我像僧那样给它的碗里放玉米饭，并倒了菜汁搅拌好给它。它还是只嗅嗅，并不吃。它也抬起脑袋望我，一双眼睛湿漉漉的。我不禁仔细瞧了它一眼，忽然觉得洛和老人的状态极为相似，仿佛这一人一畜的身上有彼此的身影。

僧也进来吃饭了。昨晚我给他五百块钱，我说想住五天。他不肯要，表明屋子本来是空的，住没问题，饭菜也是这山上来的，没费什么钱。我叫他收下，不然就不住了。那双清澈的眼睛盯住我一会儿，又是那种很执拗的表情。

"都是山里人，你知道我们山里人的规矩。"我说。他就收下了。山里人热诚淳朴，不会占人便宜，我当然不肯白住白吃人家的。

我问僧："家里还有什么人？"他说："还有一个姐姐，但二十年前出去打工后就没回来，现在都不知生死。"我吃了一惊。又问他："你怎么也不成个家？"他没回答我，只是笑笑。我觉得僧并非那种娶不到老婆的男人，这屋里的干净整洁和屋檐下的丰盛粮食足以证明，这个男人过日子是很靠谱的。

吃完早饭后，僧把他的父亲抱回房间，他要到山上给木薯除草。木薯冬天要挖出来酿酒，镇上有几户人家定要的。他扛锄头上山，洛跟着他走了一段路，便趴在路边不走了，像累极了的样子。家门敞开着。

我又来到伙房后面。这里有一块巨大的石头，它就落在伙房后的菜地上，与房屋相距不远，石头的底部埋进菜地里。此时这块巨石上晾晒着辣椒和切成片的萝卜。我忍不住惊叹，僧把两个男人的日子过得像老婆孩子热炕头的生活，不知他的热情从哪儿来。这么多年来，我始终把自己过得如劲风之下的枯草般了无生机。

慢慢抬头，目光爬上庞大的群山。山上高大的树木并不算多，多的是灌木，到处是大块黑黝黝的裸露岩石，半悬着立在斜斜向上的山坡上。我想寻找一条往山上去的路。那时候还在念井，在半山腰上的玉米地干活时，常常就被一种突如其来的委屈和怨恨惊扰。于是扔下锄头往山顶爬。山顶上其实什么也没有，草木要比半山腰和山脚少很多。站在远处看山顶是尖的，但到了山顶，那上面其实很平整，大到可以建造一栋木屋。站在山顶上，目光并没能轻易超越什么，被更高的山挡住了视线。但可以看见整个念井，看见袅袅升起的微渺炊烟，看见如蚁的人影在对面半山腰上缓慢地穿梭——干活，尽收眼底的事物让人感觉到天地雄浑无边的阔大，委屈和怨恨渐渐稀释了。

但遍寻不见。也许原来有，后来被杂草给淹没了。

我只好在村里转。我数了数，上然村只有二十八户人家，比念井小得多了。这里的房屋要比念井的损坏得厉害,有一栋屋子几乎被夷为平地,只剩下房基露在地上,里面堆满了碎瓦砾,当然也长满茂密的杂草,一棵蓖麻的躯干已经长有人的大腿般粗了。屋子显然是被人为拆掉的,假如檩子和木板还结实,是可以卖掉换钱的。只有这一栋被拆掉,其他房屋依然载着时间带来的斑驳与脆弱屹立着。有一栋屋子前的院子里,长有一片非常肥壮的太阳花,黄色、大红色、玫红色、紫色,星星点点铺满院子。这片暗自喜庆的繁花和它们后面那栋破损的房屋构成一种极为强烈的反差感,生命力与死亡相互交织在一起。

我独自游荡着,从一栋栋破损不堪且静默的房屋前走过去,这些房屋在破败中透出一种凛然的肃穆。我忽然想起前几天往姑妈家走时,看见那些静坐不语的老人,惊骇得趔趄住了。他们,及至我的姑妈,和这些被遗弃的破损老屋都有一种让人揪心的孤独。但这种孤独没有棱角,不剧烈,不扎人,充满一种接纳所有残缺与破损的宽容和慈悲。

我在念井待了两年后,为了逃避姑妈给我安排的婚姻,只好离开念井。我在县里做过一阵子幼儿园老师,临时工那种。那时候工资才两百二十块,这点薪水当然无法应付房租和生活费用。园长倒也是个热情之人,允许我住在幼儿园。作为回报,我在每天傍晚幼儿园放学后,包揽了园里所有的清洁工作。这些活儿通常是早上园里的老师来之后才做的。那幼儿园叫蓝天幼儿园,有九十八个学前孩子,大中小三个班级,五位老师和一位煮饭阿姨——我们叫她甘姐,四十多岁,长着一张圆脸和一双精明的眼睛。我通常在幼儿园傍晚放学后开始做清洁卫生。三个班级和两个办公室地板要拖干净,厨房是重点清洁区域。这个幼儿园地处偏僻,但生源很稳定,它有一条颇受家长认可的规定——家长可以随时现场参观厨房区域，这就很考验这个区域的卫生程度了。家长无非是想看孩子的饮食是否干净卫生。因此花费在厨房的清洁时间相对就长了些，清洁难度也大一些，必须要做到贴着白色瓷砖的地板和墙壁上看不见任何污渍。不过这些通常难不倒我。比起这些，这世上任何一件事情的难度都更大。活动场所和卫生间也打扫干净了，玩具归置到指定的区域并做好消毒工作，夜幕便开始降临了。

　　这个幼儿园的背面是一大片稻田，远处是村庄。我住在二楼上的一间办公室里，打开窗户，便能闻到稻田的气息。略带腥味的温润的泥土气息和快要成熟的稻穗散发出来的清香，让人产生一种莫名的悲怆，远处的村庄星火点点，与之遥望，这种悲怆就越发深沉了。我偶尔会想起我妈，我始终无法理解一个母亲为何能轻易扔下自己的孩子。我极少想起我爸，对他也没什么情绪。

　　有一天晚上，我又盯住稻田远处的村庄里那些若隐若现的闪烁的灯火，看着看着，胸口一紧，泪水径自涌上眼眶了。我又感觉到那种蚀骨般的孤独，那是我在念井那些深夜常常感觉到的。它如此庞大、厚重、牢不可破，轻而易举就把我淹没了。我的孤独没有任何慈悲，它长着尖刺，轻轻一触，我便被刺痛得缩成一团。

　　泪水横流，成殇。

　　甘姐这时推门而入，我的孤独、脆弱、恐惧、渴望，瞬间被她那双精明的眼睛看个透彻。从那时候起她就开始关心我，从家里给我带些吃的，说一些很温暖的话。我很快便被她的关爱给融化了。与此同时，她开始和我借钱，二三十块地借。那时候大家工资都不高，多了也没有的。她和我诉说家里的不幸，孩子要读书，丈夫整日与酒为伴，懒惰、贪吃、自私、不负责任。她很会说话，语气不急不躁，每句话都表达得很清晰，表情非常诚恳，并且那双眼睛一直坦诚与你对视。我总是给她钱，我没法不给她，并不是可怜她的处境，实际上我的处境并不比她好。我太需要她那些暖心的话了，我太需要她给我带来的那些其实很普通，我甚至并不爱吃的食品了，它们就像空气一样，让我欲罢不能。后来她又借到五十、八十块，我渐渐感到吃力，毕竟我也要花销的。当我开始犹豫时，甘姐便开始收回她的热情。我立刻如丧家犬，那种孤独感比之前更庞大地朝我扑过来。我只好给她，她便又赠予我关爱与热情。在蓝天幼儿园三年，我的工资至少有一半借给了她。时至今日，她没归还一分。后来这件事情被园长察觉到了，她非常气愤，帮我向甘姐讨回那些钱，甘姐却说是我自愿给的。园长叫我们当面对质。我望着甘姐，那张面孔多么熟悉，那双眼睛依然坦诚直视我。其实我也早就知道的，她给我的那些暖意，于我而言是饮鸩止渴，她太知道我缺什么、渴望什么了，她准确地拿捏了我的软肋。而我不能否认，她给予我的东西帮我抵御过那种很庞大的看不见的孤独感。

那天其实已经临近放寒假了，下午的天空阴沉沉的，还有二十来天就要过年了。我当然会回念井，那时候念井的人还没搬到外面的镇子上，嫁在村里的姑妈平时会帮我照看我的空屋子。有那么一刻，我忽然觉得甘姐和我姑妈在什么地方有些相似之处，到底是什么地方，我又一时无法弄清楚。这种感觉让我一阵心酸。我沉默了一会儿，轻声对园长说："我确实是自愿给她的，不是借，不需要她还。"放寒假后，我回念井了，年后就去了市里，再也没见过甘姐。假如可以，我真希望能把她忘掉。但我从未能够忘记过她。我相信她一次次从家里给我带吃食的过程中，肯定有某些时候是带着真心的，而那部分是我渴望的，值得我珍惜。

…………

往事纷乱扰人，我继续行走在废墟般的村庄里，草木的清宁渐渐让我平静下来。我在那些倒塌的矮墙边采了一大把野花，竟然发现在一栋倒塌了半边墙壁的屋宇之后有三棵很肥壮的向日葵，花开得正盛，阳光下那种夺目的鲜黄有一种逼人力量，在周遭的破败中显出不容忽视的强悍生机。它们的周围长满杂草，那三个花盘高耸于杂草中，倨傲地灿烂着，无坚不摧的样子。我呆呆地站在原地看，它们那种漠视糟糕的周遭、我行我素的纯粹热烈气息着实让我吃惊。我慢慢蹚过那些塌落的矮墙和杂草朝它们走过去。杂草中很多虫子被惊吓得四处乱窜，一条菜蛇倏然从我的脚背上飞快游过去。这种蛇并没有毒，那些有毒的蛇见着人一般都会像个冷酷的王者那样不动声色地盘在那里，阴险地盯住你，基本上敌不动我不动，不会这样惊慌失措的。

我在三棵向日葵前站住了。它们比我高，还没结籽，因此向阳的弧度很直。硕大的三朵花开得寂静，没有一只蝴蝶围绕，假如我没发现它们，也许它们就这样自开自败了。但很快我便自嘲起来，我又怎能肯定它们需要来自他人的一瞥？或许我现在驻足观望于它们是一种打扰也说不定。

我默默转身离开了。

山里人一般没有吃午饭的习惯。早上煮的饭菜多了，放在碗橱里，白天什么时候饿就什么时候吃。在城市生活二十多年，我早就习惯了一日三餐的固定时间。当正午的阳光直落在村庄之上时，我在僧的厨房里热了饭菜吃起来。僧的父亲那间房一直掩着房门，我靠近过那扇门，闻到从门里隐隐透出来一种类似于檀香的芬芳气息，可能是僧在里面熏了什么草药。人老了，又有病，屋子里难免会有些不洁气味，悬挂芳香的草药熏一熏，在山里很常见。屋里悄无声息的，木板墙壁缝隙被报纸糊死了，我并不能看到里面的情形。我也不想推门进去，这不礼貌，也并不情愿见到这样的老人，他让我看到自己生命的最后状态，如此狼狈而又无能为力。

僧直到下午四点多才回来，挑回来一捆猪草，他养了一头猪。杀年猪是山里人的习俗，只是我不知道他一个人是怎么杀年猪的。他一回来就进老人的房间忙活了好半天，又喂了蜂蜜水。那碗蜂蜜水差不多又原封不动端了出来，僧的脸上一片委屈神情，眼圈也有些红。我无法给予他什么安慰，本来我也不是个会安慰人的人。

我们的晚饭和昨晚差不多，僧并没有因为我付了钱而在饭菜上添加什么，我倒是非常喜欢他自然坦诚的性情，如这山里的万物般纯粹本真。我问他："过年时一个人怎么杀年猪？"他笑着说："往山里走还有好些个村子，几乎每个村子都有一两户出去了又回来的人家。到时候去招呼他们一声就可以了。"

"为什么出去了又回来？"我问。

"不习惯吧。不习惯就回来了，活着就要待在自己喜欢的地方。"僧说。

"可山里生活不方便的。"我说。

僧只是笑，不说话。他从地里挖回来好几个白心红薯，做晚饭时丢在火灶肚里，吃过晚饭，他把红薯从灶里挖出来叫我吃。我在城里其实常常吃，在路边小贩摊上买的。他们通常在一个大油桶里烤，用火炭烤，红薯大概是在沙地里种的，吃起来软是软，甜也甜，但完全没有那种沙质感。红薯失去了这点儿口感，感觉就不像是红薯了。我掰开一个红薯，那种清淡温暖的香甜气息让我瞬间口水猛生，烫乎乎的，也咬了一口，感觉舌头都快烫熟了，边嘶嘶吹着气，边小心翼翼地咀嚼，真是那种熟悉的沙质口感。沙地和山地种出来的红薯在口感上绝对是天壤之别，只有吃过山地红薯的人才能辨别得出。一口红薯，让我回忆起很多关于山里的食物，山笋、蘑菇、魔芋、芭蕉心、山鸡果、野板栗……蓦然发觉，其实大山里才是真正的物产丰富之地，生活条件确实艰苦，比如行路、饮水、用电、就学，极不方便，但山上随处可寻的果腹之物恐怕也是让人舍不得的原因，这些全是天地的慷慨馈赠，既舍不得物，也舍不得大山恩泽世代的恩情。

这晚，我和僧发现洛没回家。僧不断在门口张望，后来着急了，打着手电筒在荒村里转，吹口哨。我站在家门口，身后的煤油灯火将我的身影拉得很长，我的身影变成一个比我高好几倍的巨人，这个巨人却没有任何传说中的神奇魔力，找不到一条温顺的老狗。沉寂的村庄里，那点手电筒光亮在废墟中时隐时现，一阵阵口哨声传来。这口哨声越发衬得天地高远与空旷了，如此深邃的天地和夜晚，上哪儿去找一只衰老的狗呢，它甚至比人还渺小。僧转了一圈，徒劳而归。

"它从没这样。"僧说，"但狗都会这样。"

我无法真正理解后面这句话，我从没养过狗，对狗不是很理解。

洛很温顺，我也很牵挂它。一直到我们关门睡觉，洛还是没回来。半夜的时候，我听见瓦片上有清脆密集的响声，像晒干的黄豆颗粒倒在铁皮桶里。是下雨了。山里的雨说来就来，白天毫无征兆，乌云往往被更高的山挡住了。我听见僧开房门的声音，一些微弱的光亮从门板底下泄漏进来，然后大门被打开了，一声嘹亮的口哨声蓦地划破了黏稠的黑夜，口哨声一声接着一声，混合着越来越密集的雨点声。我实在听不下去了，这口哨声让人有种撕心裂肺的感觉。我穿衣起来，刚要打开房门，却又不敢。我有些不敢面对此时的僧。他真像一个在风雨之夜呼唤自己走丢的孩子的父亲，他的双眼里不知道这会儿盛着什么眼神。在这枯井般沉寂的深山里，一条陪伴你多年的狗不见了，绝不逊于失去一位至亲。我害怕看见僧眼里的脆弱与绝望。僧在门外站了很久，雨声越来越大，他不再吹口哨。好大一会儿后，才听见大门关闭的声音，僧进了他父亲的房间，片刻后出来，进了自己的房间。一直到天亮，雨也没有停，不过似乎变得小了些。一大早僧就起来开大门，可以想象他这一夜是怎么过来的。我起来的时候，他已经把玉米饭煮好了，又给我烤了两个白心红薯，放在饭桌上。他双眼通红，依然对我腼腆地笑。今天他穿了件圆领的灰色短袖衫，深蓝色的裤子。

"洛还没回来吗？"我明知故问，实在不知道该说什么。

他点点头，朝门外的大雨里张望。

一片白茫茫的雨水，雨线像一支支箭直直地从空中射下来，落在茂密的草木上，发出簌簌的声响。破败的房屋在雨水中焕发出黑黝黝的光泽，草木愈发葱茏了，绿得近乎发黑。目之所及看不见任何活物，了无生机的残破房屋、草木、高山、雨水，仿佛沉入一种永恒的时光里。老父亲卧床这两年，僧其实是与洛为伴的，也可以说是相依为命的。我能理解他，我妈离开念井时，我便有这种感觉：被抛弃，以及让人窒息的失落与恐惧感。

"也许雨停它就回来了，也许它出去玩，正好碰上这场雨，被耽误在哪栋房子里了。"我望着雨中那些破旧的房屋说。这当然很难说服僧。僧在玉米饭里放了砍成块的老南瓜，这是很典型的一种山里吃法。老南瓜有一种很香甜的味道，清淡的甜，并不腻人，既是饭也是菜。等僧给他的父亲喂完蜂蜜水，我们便默默吃早饭。僧不时抬头往门口张望，神情比外面单调下落的雨水还要落寂。吃完早饭，雨渐渐小了，不过天空并没亮起来，看样子还会下。

洛其实并没离我们很远，它就在厨房后菜地里那块巨石后边。它躺在湿漉漉的菜地上，浑身湿淋淋的，已经没有气息了。僧在厨房里洗漱早饭碗筷时，猛然想起了什么，扔下碗筷跑出厨房后门，一直跑向那块巨石。果然在那里找到了它。僧把它抱进屋里，显然它已经死去多时了，也许昨晚它就死了。僧蹲在它身边，静静瞧着它。

"它怎么不进屋？"我说。洛那副湿淋淋的模样让人心碎。

"它不想给主人找麻烦，狗都这样，自己找地方死。它太老了。"僧说，擦了一把脸。他的脸上落着雨水。然后他站起来，找来一条干毛巾给洛擦身子，擦完，依然湿漉漉的。他站在洛身边，显然也不知道该怎么把它弄干爽。

"怎么处理？"我问他。

他朝屋外望了一眼，雨水渐渐小了，但看样子不会彻底停住，因为乌云依然低垂厚重。

"埋掉吧。"他低声说。站了一会儿,他转身进杂物房,拿出一把铁锹。他弯下腰,把洛抱起来,朝厨房后门走去,我拿铁锹跟在他后面。

我们就在发现洛的地方埋葬它,那里大概是它所愿意待的。僧把洛放到湿漉漉的菜地上,开始挖坑。菜地的土泡了一夜雨水,很软,挖起来倒不费劲。雨一直淅淅沥沥地下,我和僧都没戴雨具,雨水落在我们头上、脸上、身上,凉冰冰的。虽然是夏季,但一下雨,山里的气温便低如深秋,凉意森森。周围只有雨水落到草木上的簌簌声,很安静。一种肃穆的安宁。僧一声不吭地挖坑,脸上一副倔强的沉默表情。我们身上的衣物渐渐被雨水打湿了。

"够了吧?"我问。他把坑挖得很深了,周围隆起一堆新鲜的泥土,散发浓烈而湿润的泥土腥味。僧似乎并没意识到自己正在挖坑,直到我问了,他才停下来,仔细瞧自己挖的坑。

"够了。"他简短地说。他扔下铁锹,把又被雨淋湿的洛放进坑里,开始往它的身上盖泥土。洛就这样一点点消失在泥土的覆盖之下。它是幸运的,能活到自然老去、死掉,并且皮毛完整地归于泥土之下,一条牲畜的生命,再也没有比这更好的际遇了。

"它生过五窝狗仔!"在隆起的土堆前,僧说。他的脸上挂满雨水。

二

我没有衣服换,雨一直没停,洗的衣服晾晒在湿度很高的阴雨天里,干不了。出去的山路肯定很难走。我又极不忍心走,洛死后,僧的情绪明显低落。又由于一直下雨，人被困在家里，僧唯一可做的事情就是做饭和给他的父亲擦洗、按摩活络气血、喂蜂蜜水，除此别无去处也无事可做，越发的让他烦躁。我留下帮不了什么忙，但屋里多一个健康的人，显然也会让僧感到不过于孤单。他见我为难，摇摇头，脸一红，很不好意思地笑起来，钻进房间，搬出来一个油漆成朱红色的大木箱子，放到饭桌上。

"有衣服，不知道合不合适你。"他笑着说，那双眼睛隐隐发亮。

僧的身上有一种与他的年龄极不相符的东西，我称之为腼腆，也只有腼腆的人才能有那样一双清澈的眼睛。腼腆，意味着知轻重，知敬畏，也更能自知。他完全不像一个四十出头的男人，倒像是涉世不深的少年。我不知道他天性如此，还是因为长居于这闭锁的大山里才养成近乎纯粹的本真品性。

这个木箱看起来很有些年头了，即便是在深山里，也早就不时兴这样的家具了。箱子落着一把沉甸甸的锁头，也是很有年头的旧物，如今市面上已经没有这种古老的东西了。锁头没锁死，三把钥匙连在锁孔上。他轻快地打开箱盖，一阵桂花干的香味趁机溢出来。满满的一箱子女人和小孩的衣物，蓝色、黑色、浅白色的居多，小孩的则是各种颜色都有。看出来是女孩子的衣物，三岁左右。孩子和大人的衣物整整齐齐分成两边，各占箱子一半，一包用蚊帐布包的圆滚滚的东西搁在两堆衣物中间，香味就是从这包东西里散发出来的。

僧的脸红到脖子，双手支在箱子边上。"你瞧哪件合适，将就着穿。"他说。

我很吃惊。

"这是孩子和她妈的衣服，十几年了。"他又说。

"她们呢，如今在哪里？"我望着箱子里的衣物问，真害怕听到关于天灾人祸的事情。

"她们回去了。"僧说。声音很轻，怕打扰了什么似的。"回山西去了。"

"檀姐，你挑合适的穿，孩子妈身材和你差不多，还有人能穿上它们，我高兴。"他说。

我忽然想起那天我出现在僧面前时，他惊得弄掉手里水瓢的样子。我便痛恨自己，没事进这山里来做什么，扰了别人尘封的往事，大家都活得这般苦的。我一时不知道该怎么办，穿与不穿显然都不合适。穿会让僧睹物思人，可我并非那人，我也不想成为别人。不穿，似乎又让僧失落，他兴致勃勃地搬出来，显然想得到一点儿什么，也许是慰藉？不得而知。而我又确实需要换洗的衣物。最后我挑了一件松紧带裤头，裤腿宽大的黑色裤子，以及一件浅白色的长袖斜襟衫。这是我们这边山里女人的日常穿着，看来山西女人已经习惯这边的生活了。我换好后，在房间里踌躇好半天，不敢出房门，我不知道僧看到会有什么样的反应。衣裤挺合身，散发着桂花干清幽的香味，就是没有大镜子可以让我照一照。我拉开房门出去时，僧的目光一下子弹到我身上，我似乎听见那目光噗地一声射进我的身体里。

"弟妹的衣服很合身呀。"我装作很高兴地说，想让气氛轻松一点儿，"布料选得好，剪裁的手艺也真不错。"

僧搓着双手，他的脸又红了，想笑又笑不出的样子，最后还是笑了。"孩子妈穿时也是这个样子。"他说。他可能觉得使劲盯着不太好，想把目光挪开，双眼闪了一下，目光又不由自主地跳回到我身上。这一刻我觉得自己该千刀万剐，也蠢到家了，为什么不能生一堆火烤干衣服，何苦要折磨一个孤苦半生的男人。我便叫僧生火。他手忙脚乱地在火塘里引火，然后把烧旺的柴火从火灶肚里拖出来，在地上围成一堆火。

"她们走多久了？"我问。

"十四年了。"僧轻声说，火光在他的脸上跳跃。

那时候大家还没从山里搬出去呢，搬出去是两年后的事了。"你怎么没再找？"

他低头往火堆上架干柴，不语。火生起来后，他便走开了，戴一顶宽大的尖顶斗笠出了家门。我独自在火堆边烤衣服。衣物温热起来后，白白的水汽便蒸发出来了。必须尽快干，穿身上这套衣物让我觉得是在冒犯什么东西，这种感觉很不好。十几年，这光阴，对于别人来说可以是弹指一挥间，但对于僧来说，则是生死两茫茫的煎熬。这荒无人烟的落寂大山里，难以想象僧是如何度过的。我在熊熊的火边打了个很大的寒战，像被人忽然推进很深的冰窟里。

一直到我重新换回自己的衣服，僧还没回来。我把山西女人的衣服洗了，晾晒在屋檐下的竹竿上。忽然觉得不妥。僧远远回家来时，看见屋檐下晾晒着旧人的衣物，他可能又一头坠入过往了，那将会是如何不堪的折磨。我把衣服收起来，往火堆上添加柴火，又烤起来。等我烤好并叠放整齐后，僧才回来，还带回一大把南瓜苗，开有很多喇叭状的鲜黄色花朵。僧说是在山上玉米地里种的。我看了他一眼，他的双眼泛着湿润的通红，我便知道我真是冒犯到一些东西了。我们煮了一锅瓜苗汤，僧在汤里放腊肉片——腊肉制得非常好，茶水般明黄透亮。僧还拍了蒜碎子放进去，汤的味道鲜美极了。吃这顿饭时已经是下午两点钟。雨这时候又开始变大起来，密密麻麻很快连成雨帘。我开玩笑说："看来这雨是要留我多住几天呀。"僧很认真地说："随便住，住多久都成的。"我说："我可没那么多钱。"他便放下碗筷，从身上摸出我前几天给他的钱，很郑重地放到我面前。

"檀姐，你拿回去，这钱不能要的。"他说，"山里人走亲戚，住上几天，没有要钱的道理。"

我后悔不该开这样的玩笑，这个简单纯粹的男人，根本分不清玩笑和真话。我把钱推到他面前，放下碗筷。

"你要是不收下，这饭我也不吃了，就算冒雨这会儿我也得走了。"我说。

雨一直在下，僧在屋里转着，找各种各样的活儿干，竟然找到不少。比如腿脚松动的凳子、将脱不脱的门板离合、该磨一磨的斧头、被老鼠咬坏的竹簸箩筐，他不紧不慢地缝缝补补、敲敲打打。我直替那个离开的山西女人感到可惜，她大概也会遗憾、也会后悔的吧，也会躲到某一个无人的地方任双眼泛起湿润的通红吧。

入夜。山里的雨夜真是太安静了，簌簌的雨声根本掩盖不住洪荒般的沉寂。点着灯火，那点儿散发出来的暖色亮光倒是可以造出一点儿人为的"闹"来，灯火一熄灭，"闹"便也立刻灭了，噗的一声，整个世界沉入浩瀚无垠的寂静中，如在水最深之处，如在时光最幽远之处。躺在黑暗中，时间行走的脚步声清晰可辨。

我听见僧打开箱子盖的声音，内心抽了一下，这暗夜便越发寂寥得令人难以忍受了。

离开县里后，我去了市里，干过各种各样的活儿，小餐馆的洗碗工、糕点冷饮店的小工、书店的防损员、超市导购员，还进过两所幼儿园当保育员。在幼儿园当保育员的时间是最长的。我喜欢和孩子们待在一起，他们的简单和纯粹让人无须设防。后来私立幼儿园渐渐多起来，我便一直辗转在各个幼儿园之间，对幼儿园工作摸索出丰富的经验，找工作相对轻松。

我在城市里生活了很久，不上班时几乎不出门。我租住在城市周边那些民房，靠近城市的乡村人都往更大更远的城市扑腾去了，只留下老人独守祖屋，几乎每家都有一两间空出来的屋子，刷个白粉，置上床和柜子，便可以出租了，租金对租客来说不贵，对留守家里的老人来说也算是生活有了保障。租客一般都是我这样从县里的乡村出来的年轻人，以及在市里经营小本生意的外地人。居住的人身份驳杂，生活方式不尽相同，口音五湖四海，一锅大杂烩一样。

我记得我曾住在一个叫万柳的郊区村庄，村庄很小，市里十三号线公交车可以到达那里，当然，从公路边走到万柳，还是需要一段时间的。路也很好走，是碎石路。万柳没有柳树，一棵都没有，倒有遍地的芭蕉，路边、房前屋后、地里、河边，长得极为高大，根部的叶子像被撕裂的扇面，破破烂烂的。结着硕大的芭蕉坠子，有的已经黄在树上了，也没什么人去摘，年轻人都出去了，没有人去顾及这些的，它们通常被外地租客的孩子们拿来当水果吃掉，村里的老人们也没说什么，这些整日打闹、操不同地方方言的孩子，倒也给他们孤寂的晚年带来不少慰藉，他们太孤单了。租客们的生活很拮据，但大家都极力维持一种体面，见面客客气气地打招呼，从不串门。这也挺好，俗世红尘，各有各的不堪，不堪就是你身上的软弱之处，走得太近，软弱便容易被人看见。没人愿意将自己的软肋暴露给别人看。这种生活其实也挺好的。我来市里四年后，就开始在各个幼儿园上班，以后也一直在幼儿园上班，我不仅可以当保育员，还可以做财务工作，相对来说工作机会就多了。

那时候下班，从市里买菜回来，在农家的柴火灶上慢慢煮一顿饭，一个人安静地吃了，吃完可以到河边走一走。万柳有一条绕村而过的河流，不算大，河边长满高大的芭蕉，还有菜地。看落日余晖在粼粼波光中跳跃，吹吹带有河水气息的晚风，也挺好。在城里这些年，在物质生活上我从没感到怎么吃力，不是挣得多，除去房租和饭钱，基本上就没什么地方花钱了。没有父母，没有兄弟姐妹，也没有自己的家庭。有时候我会想起父母，我不知道我爸是否还活着，这么多年毫无音讯。至于我妈，她刚离开那两三年，偶尔还有一些消息，后来便也断了。据说她一直在四川生活。我不知道把我带到这个世界的这两个人，是否还记得我。我们存活在相同的俗世里，却分崩离析，如同陌生人般互不相干。幼儿园里为家所累的同事们都羡慕我无牵无挂的生活。我笑了笑，也不辩解。围炉而坐之人，如何能理解一个站在冬夜旷野的人的彻骨寒凉。我并不渴望孤魂野鬼般的了无牵挂，我渴望抓住一点儿实实在在的东西。

因此，当韩新带着他柔软的笑容和隐藏着犀利的忧郁目光出现在我的生活里时，我便把他当成了我的救命稻草，希望他能将我带出寒凉无边的旷野。而其实，韩新也像甘姐一样，乍见之初，便一眼看透了我的软肋。

我们是在万柳相遇的,他落魄、潦倒,比我年长八岁,人很和气,笑容里有一种让我在惊慌失措中一见就感到安心的柔和力量。我将我的房东介绍给他,他便在我隔壁住下了。韩新是个广告设计员,这个专业在十七八年前的小城市里,处境是极为艰难的。韩新每天一大早和我一起走出万柳乘坐十三号线公交车去市里。我们在到达站点分别,傍晚我买菜回来做饭。韩新常常十天半个月都接不到活儿干,生活的拮据程度可想而知。我们在一起吃晚饭,他也不扭捏,大大方方地吃,并对我坦诚诉说他的处境。其实现在想来,那也不算是韩新的坦诚,而是他明白只要对我坦诚,我便能慷慨接受并力所能及地为其分担烦忧。这更像是一种谋略,或者,难听地说就是算计。我坦然地付出,他坦然地接受。久不久他会向我展示他的一点儿好,比如在节日,买点菜回来做饭,并且在村口等我,带着他柔软的笑容。他这点难得的"好",就让我毫无抵抗地沦陷了。在万柳住了半年,他建议搬进城里,我们租一个一房一厅的套间,就这样住到一起了。

韩新像水一样,让我无处不感到被水包围般柔软,同时,也让我无法探得到这水到底有多深,水深之处都有些什么。他对我有非常强的控制欲。在我们的生活里,房租、水电费、每天一顿的晚饭开销,基本上都是我承担。有时候他要约某个客户吃饭,便会带上我,将我介绍为他的助手。饭吃了,酒喝了,茶也饮了,助手要去买单的。我当然明白自己其实就是个买单的人而已。我开始有情绪时,韩新便像退去的潮汐,将他的柔软渐渐收回。他不声不响,但能让你明显感觉到他想要远离你。这种感觉往往让我瞬间崩溃,他只需要让我有这样的感觉，我便妥协了。钱可以再挣，钱甚至可以没有，我甚至愿意掏出口袋里的最后一块钱，也不愿再次品尝那种被遗弃的孤独与绝望。

我和韩新在一起生活十三年，这样拉扯十三年。我们当然也没往婚姻上想，不是我不想，而是只要我一想，韩新便故伎重演。这种演技其实非常拙劣，我在幼儿园工作多年，孩子们不善于表达，但他们一哭一笑我都能猜到其意，我怎么会看不穿这种小把戏？我不确定他是否喜欢过我，但我可以确定他对我没有爱，从来就没有。这十三年，我其实都活在患得患失之中，爱不该是这样的。

…………

僧很忧虑，他说："父亲好像快不行了，连蜂蜜水都不喝了。"

"有什么办法吗？"我问他。他摇摇头。我又问他："家里还有什么亲戚？"他说："镇上有，是从村里搬出去的本家亲戚。"我想起他说起过的那个姐姐，便问他是怎么回事。

僧的目光顿时黯淡了，愧疚和痛苦纠结于他的表情里。

"她其实不是我亲姐，我们没有血缘关系。"僧说，"七岁时我妈带我嫁到这个村庄，父亲害肺病，我四岁时他死了。父亲的家还要往里头走很远，那里连玉米都种不上，只种木薯和猫豆，不过长很多竹笋，每年春天挖春笋卖也能得一些钱。"

"我妈在我十三岁时也去世了，她和继父感情非常好，两个人总是形影不离上山干活，对双方的孩子都非常疼爱。我妈带我嫁过来时，我姐九岁，她也是小时候死了妈的。我妈死后，继父可能念及和我妈的感情，对我很溺爱。姐姐有时候很伤心，我知道的，那时候她其实也还是个孩子。"僧垂下头。我们坐在家门口，屋檐滴落的雨水很密集，目之所及的世界全浸泡在湿漉漉的雨水之中，也不知道这雨要下到什么时候。

"姐姐对我非常好。"僧说，"我妈走了以后，我们父子俩身上穿的，缝缝补补的事情全靠她做，她没读完初中就出来干活了。那年她出去打工前，给我和我爸爸每人做了五双布鞋。"

"后来我全穿坏了，都扔掉了。我没有任何关于她的消息，一直都没有。"僧说。

我立刻想起我爸，我又何曾有过他的消息？有些人在你的生命里出现，走的时候连道别都没有，他们不会想到不告而别会给至亲骨肉造成什么样的伤害。

我想把这个话题转移掉，特别是在这雨水弥漫、布满阴郁的沉寂日子里。眼前这片大山，如今只有我和僧，还有一个生命之火随时熄灭之人，七八只家禽。我们生命中的力量在庞大的荒芜与静默面前，太过于单薄，这种单薄会让人毫无来由地滋生出一触即碎的脆弱感。不能再触及这些伤人情绪的往事了。

僧在他父亲房间里待的时间越来越长，一坐就是大半天。我不知道他在里面做什么，毫无声响，也许他只是坐着陪伴。我便知道老人真的快不行了。我始终不愿进去，任何离别我都害怕面对，都不愿面对。坐在屋檐下看外面笼罩在雨水中的破屋和草木，感觉自己也像一栋破屋，也像漫山遍野的草木，被冰凉的雨水浸透，还有一种来自骨头里的冰凉。这雨天让我想起山里有月光的那些夜晚。山里的月光和城里的月光绝对不一样。你站在城市的夜晚，皎白的月亮悬挂当空，但你也很难在地上找见一片月光，城市璀璨的灯火将它淹没了。每年中秋之夜，城里人便纷纷往远离城市的郊外去寻找月光。只有远离灯火，月光才能在大地上有所照见。在山里，到了夜晚，黑是真正无处不在的，煤油灯所烛照的小片昏暗光亮，犹如无边黑夜里的萤火虫之光，微渺得可以忽略不计。当银白的满月爬上山之巅时，整个村庄便笼罩在柔和朦胧的白月光之下，这种光幽远、静谧、忧伤，与村庄里简陋的房屋、某些古老的传统习俗、山民们与世无争的生活如此完美地融为一体。我妈妈走后我独自待在念井生活的那两年，这样的夜晚也让我感受到那种来自骨头深处的冰凉。

当夜，雨也还在下，我来了六天，下了五天雨。僧这晚搬到他父亲房间里睡，他应该是在守候最后的时刻来临。我躺在床上，想着接下来该怎么办，也想不出什么好办法。面对死亡，除了接受，已然无计可施。那便接受吧，我决定留下来陪僧度过这一关。

老人的房间里整夜亮着煤油灯火。我起来两次，看见那火光从门缝下微弱地泄漏出来，房间里依旧悄无声息。站在清冷的堂屋里，时间与生命渐行渐远的脚步声，都清晰无比，也都无可挽留。下半夜后，我开始困了，感觉整个人在慢慢下坠，就在我快要坠入彻底的睡眠中时，一声巨响在黑暗中炸起，整个房屋像快要散架般剧烈震动了一下。我立刻睡意全消，马上想到是地震了。但房屋只是震动那么一下，响声也立刻全无了，雨夜又恢复先前的沉寂。我僵直着身子躺在床上，半天不敢动弹，直到响起敲门声。

"檀姐，你没事吧？"僧在门外问道。

"怎么回事？"我问，听见自己的声音在颤抖。

"还不知道，可能是山上的石头松动落下来了，雨水把土泡软了。"

他说。

我打了个很大的寒战，立刻想到僧厨房后那块菜地上的巨石。

"要出去看吗？"我在黑暗中欠起身。

"明天再看，没事，你睡吧。"僧安慰道。他的声音听起来很平静，我的紧张略略缓了下来，但心依然剧烈跳着，像要破胸而出似的。这巨大的惊吓耗尽了我的精力，让我精疲力竭，不久之后，我便在簌簌的雨声里沉入睡眠了。碎片般凌乱的梦，没有一个完整。

醒来时，天已经大亮，雨声也听不见了，但屋檐下透进来的光线依然昏暗。我听见僧在厨房里做饭的声音，便知道老人挺过这一夜了。

僧又煮南瓜玉米饭，他正在炒腊肉，放了蒜苗，蒜香味满屋子飘。僧双目通红，一脸倦态。

"那声音，是怎么回事？"我问他，不由自主地轻轻打了个寒战。

"山上的石头坠落了，就在屋后。"僧很平静地说。

我出到厨房后门，立刻被堵在眼前的巨石镇住了。那块石头比原来那块还大一些，裸露在外面的部分在山上时显然是嵌在泥土中的，有一圈被赤褐色泥土掩埋时的痕迹。它挨在原来那块巨石旁边，将原来的巨石挡住了大半，整片菜地的二分之一被碾压在它下面了，巨石边缘碾压的包菜碎了一地，那片席子大的指天椒已经完全不见了。好在洛的坟堆没被砸中。它离僧的房屋非常近，三五米之遥，此时看着这块巨石静静地挨在房屋边上，也能让人感到强烈的压迫感与恐惧感。假如它再往前三五米，将直接砸在僧的屋顶上，我们三个人，还有那些弱小的家禽，将在无人知晓的雨夜中瞬间殒命……

我站着，愣愣瞧眼前忽然多出来的巨无霸，胃部开始一阵阵抽搐，犯恶心,背后密密麻麻渗透出冷汗,整个人有一种晕船般的眩晕感,双腿一软,跌坐在湿漉漉的菜地上。

"僧……"我软弱地惊呼一声。他从厨房里飞奔出来,双手插到我腋下将我拖起来,搀进厨房。

"太……可怕。"我靠在门板上坐下,近乎虚脱地说。此时的自己,包括僧,包括这屋里的一切生命,毫无疑问都已是重生的了。

僧给我倒来半碗温水,我的双手一直在颤抖,他便帮我捧着碗,我哆哆嗦嗦将半碗水饮完。

"大难不死,必有后福,这屋里的人都是有后福的人。"僧笑着说。

"另外那一块,是什么时候落的?"我问他。

"孩子妈生孩子那年。"僧说。

那是一块承载着记忆的石头。

三

雨势虽渐渐收住了,但还是稀稀落落地飘着。僧站在门口观望了一阵天色,说要上山砍伐竹子。我问他这种时候要竹子干什么用,他说备着抬棺木。

我执意要跟他上山,他找来两顶大斗笠,我们各自戴上,他拿斧头,我拿砍柴刀,我们便出发了。野外的空气非常清新,湿度极高,湿漉漉的。草木吃饱了水,叶子肥嫩得可以掐出一把汁水了。我们是从僧屋后的一条小路上山去的。这座山与僧的屋子正对的那座山相邻,相对来说比较平缓。在茂盛的杂草中,依稀可辨一条条由碎石块垒起来的田埂,围成一块块山地。如今地里长满杂草。在半坡处,有一块花生地，花生长势很好，杂草被清除得干干净净的。僧说是他的花生地，花生以后可以挑到镇上榨油。我说："为何不种下面那些地？如今这里哪一块不由你种的，找近的种嘛。"他说："那可不行，地也是认人的。"我便笑话他死脑筋，说："地就是地，哪还能认人。撒种子、除草、施肥，哪块地都能收获果实。"他沉默了一会儿，说："孩子妈喜欢吃花生，那几年她总在这块地里种花生。我种得没她好。"

我张了张嘴，却找不到任何回应的语言，心想他种的，哪里还是花生。

在这片缓坡上，有两块僧种的地，除了花生地，还有一块玉米地。玉米地比花生地稍大一点儿。连续几天雨水浸泡，地里的泥土变得松软了，玉米根站不住，东倒西歪的。僧围着玉米地转了一圈，扒开几个口子放积水。其实也没什么积水，本来就是倾斜的坡地，哪蓄得住水。

越往山上走，地势倒越开阔，慢慢有竹子出现。开始是一兜兜的，慢慢连成片。僧带着我转来转去，想找合适的竹子。有些合适的，但它们的旁枝缠绕得太密实，而且都在高处，无法上去砍伐。即便砍断了根部，要把竹子从相互缠绕的旁枝里拉出来，实在不是我们两个人力所能及的。

"檀姐，你孩子多大了？"我们在半坡上转着，僧忽然问我。

"我没结婚。"我老实说，没必要和这个老实人兜兜转转的。僧一点儿不惊讶，这倒让我惊奇。

"你不觉得奇怪？"我问他。

"不奇怪。"他说，"我也是这么过嘛。"

"那你信什么?"我问他。一个男人十几年如一日待在这深山里,心里怎么可能没有一点儿什么东西。

"真没信什么。山里人过日子,没那么多想法,种庄稼,转一转山,你看这山这样大,转一转一天也就过去了,也没觉得难熬的。"他转身望了我一眼,认真地说。

我竟无言以对。想了想,当年要是遂了姑妈的心愿,在山里寻一个老实本分的男人过日子,会不会也像僧一样,能心如止水般待在山里?我无法给自己一个肯定答案,我的父母都不是安分的人,很难说我会循规蹈矩地待在山里过日子。

我们在半山腰处转了小半天,终于在一丛比较小的竹子跟前停下来。并非指竹子长得小,竹子长得挺高大粗壮的,而是说这丛竹子不像其他竹丛,长有十多二十棵竹子,簇拥成庞大的一丛长在一起。这丛竹子只有六棵竹子,它们之间的旁枝相互纠结得没那么密实,相对容易砍倒。僧站在竹丛前,目光顺着竹子慢慢往上爬,仔细打量竹子,然后决定砍伐这丛。

"两棵就够了,每棵砍两截。"他简短地说。然后叫我离开竹丛下,他抬腿就往竹子身上用力蹿,竹子上的雨水纷纷坠下来,吧嗒吧嗒打在我们的斗笠上,藏身于竹丛里的各类虫子也惊慌失措地蹦出来,四处逃窜。僧对每棵竹子都蹿了几脚,直到上面的雨水都落得差不多了,但这时天上的雨又密集地落下来,噗噗的闷声打在竹叶上。这里的地上铺着一层厚实的竹叶,踩上去软绵绵的,倒是没有多少杂草,偶尔长一两株野生的芦荟,叶片非常肥大,锯齿很坚硬,箭一样挺着。奇怪,这地方竟然长有芦荟。

僧抬头望望天空，空中坠落的雨打在他的脸上，他无奈地朝我笑，开始砍伐起来。他的斧头很利，把手光滑，看得出来是经常使用磨出来的。山里人品性淳朴，却并非个个勤劳，有些人家里的农具把手就很粗粝，如他们家的日子。僧挥舞斧头，在空中划出一道短促的弧度后砰地一声咬进竹子根部，竹子唰地一声抖，便落下一层雨。雨变得越来越密集。我们戴的斗笠很大，像一把小型雨伞，站着是不会淋到雨水的，但僧弯腰砍伐竹子，雨点直接打到他身上，他的后背很快湿成一片。我想叫他停一停，但想到他做的是这样一件事情，便没出声。寂静的群山回荡着僧砍伐竹子的单调声音，这声音跌跌撞撞，最后落于村庄之上。站在半山腰往下望，山脚下那个掩映在巨树中的村庄显得更灰暗和颓败了，也就在这无可救药的荒凉与颓败中，却显出了一种匪夷所思的安静力量，看起来坚不可摧的样子。

砍伐声在回荡。不知道这群山之中是否还有其他人，是否也听到这种为死亡发出的声音。我极少思考死亡，生本来就是奔死而去，明白无误的结果在那里等着，这对谁都不可避免。但活着的方式有很多种，活着的感觉也有很多种，我只想以我的方式并跟着我的感觉活，我思考得更多的是如何在活着的每一天没那么空落与孤单。我一直感到孤单，这种感觉仿佛与生俱来，像我的血液一样孜孜不倦地流淌在身体里。我的生命中时刻都有一个巨大的空存在，必须往里填一点儿什么才能让我抵御得了那种空洞的孤单感。我时刻都想抓住一点儿什么，但我最终什么都没捉住。

一年零三个月前，韩新的前妻带着他们十五岁的女儿从澳大利亚回来，说要给可怜的女儿一个完整的家庭。她似乎直到现在才知道孩子需要一个完整的家。我觉得很可笑。这么多年来，他们其实一直没断过联系，他们的女儿才两岁时，同是广告设计专业毕业的前妻偶遇一位澳大利亚画商。多情的外国画商对韩新貌美又极具艺术气质的前妻一见钟情。那时候出国真是太风光了，只要踏出国门就等于进了天堂，仿佛国外俯拾皆是黄灿灿亮闪闪的诱人金子。前妻就这样以美貌为翅膀，飞往澳大利亚，并带走他们两岁的女儿。不，她们真正走的时候女儿已经三岁多了。那时候出国是一件极为麻烦的事情，韩新期望在等待的漫长过程中，前妻有所悔悟并回心转意。但在等待各种手续申请的过程中，前妻的美貌却肉眼可见的日新月异——或许是因为多情的澳大利亚画商的甜言蜜语滋养的结果，也越发地让澳大利亚画商疯狂迷恋了。那时候他们很穷，真是太穷了，连买两斤云南丑苹果都得等人家快收摊时才去买，急着回家的水果贩子往往那时候会大甩卖。澳大利亚画商不仅有进口苹果，还有蓝玫瑰和黄玫瑰，澳大利亚纯羊奶制成的美容洁面皂，以及闻名遐迩的葡萄酒。也许前妻日新月异的美貌就是被玫瑰花和葡萄酒滋养出来的。她挣脱了连苹果都吃不起的婚姻。

"那么多年，她们在外面受苦了！"十几年后，当得知前妻有意从国外回来破镜重圆时，韩新几乎哽咽地对我说，神情恳切，眼圈发红，双眼满含泪水。那模样像是前妻和女儿一直在国外流浪乞讨为生般困苦。

那时候快到中秋节了，我从超市买回葡萄、板栗、柚子、哈密瓜、石榴，月饼是幼儿园发的。我给姑妈寄了一盒精装的黄公馆月饼和两饼2000年制的云南熟普洱。她喜欢吃月饼时喝一点儿温热的普洱茶解腻。我给她钱她从来不要。好多年前，她告诉我她给我打了一对老银手镯当嫁妆，后来流行黄金手镯，她又买了散金打一对，上面盘一只长尾巴凤凰。直到如今，我的嫁妆还攒在她的手里，我一定让她伤透了心……

韩新看我把那些节日食品摆在饭桌上，来回踱着步，然后开始和我说这件事情。我在饭桌边坐下，最后他也坐下了，还剥了一个颜色鲜亮的大石榴，把石榴籽一粒一粒剥出来，放在小白瓷碗里。那些石榴籽颗粒真是太晶莹剔透了，像一粒粒宝石，闪着迷人的水润光泽。我捏起一颗放进嘴里，轻轻咬了一下，它便破裂了，甜滋滋的汁水在口腔里四溅，然后从我的双眼溢出来。

韩新就坐在我对面，我们之间隔着那些节日食品，还有一盒抽纸。自始至终，他也没伸手替我抽一张。他就那样看着我流泪。然后他开始给我分析，他说其实我们两个人并不合适，我们没有共同的兴趣爱好，我们的知识结构有天壤之别。广告是一门艺术，他向往艺术，只有艺术才能使他真正臣服并获得他全部的爱。他说到艺术，这个词语让我一下子自惭形秽，我对艺术没有任何了解，我天生对不自知的事物心怀敬畏。我努力回想我们在一起生活的种种细节。在我的理解里，艺术应该也是一种学科知识，一个人具备了这种学科知识，他的思想乃至言行，或多或少都会受其影响，并带上这种知识所独有的特殊属性。譬如财务知识总是让我对数字极为敏感，通常一个银行账号，过眼一次，基本上我就能牢牢记住。而对数字敏感的人，思想言行中都具有一定程度的强迫症，凡事都要确定其准确性与秩序性，它是一，它必须排在二之后。我想起韩新在我们的生活中，他对我表现出来的忽冷忽热、忽远忽近，他总是心安理得地享受房间的干净整洁，而从未主动拿起过一次扫把，我们外出买东西或房东来收缴房租时，他总是习惯躲在我身后，一个月四十多块钱的水费，他也没主动交过一次。这难道就是所谓的艺术知识所滋养出来的一个男人的言行？更要命的是，这时候我忽然想到我爸，想起我小时候他总是在白茫茫的月光之下吹奏《在水一方》。我无端觉得我爸似乎也是很艺术的，他最终毫不犹豫地扔下妻女一走万年，仿佛他的生命中不曾有过我妈和我。

他坐在我对面，依然给我讲艺术，我想着想着，忽然露出笑容，而脸上的泪痕未干。他一下子停住了，未说出来的话在他的舌尖上打转，然后他的脸慢慢涨红起来，像一个被人看穿了谎言的人。很好，他还能为谎言脸红。我笑得更歇斯底里了，泪水也很配合，欢快滑落。韩新的脸红得发紫，渐渐地我看见怒火在他的双眼里燃起，越来越炽烈，最后他站起来，居高临下地瞪着我，我也仰脸瞪着他。他在我的泪光中变得模糊，变得重重叠叠，分裂出好几个他。我们平时也会发生矛盾，一向都是我先服软，我从未像这次对他无动于衷。韩新的怒火最终发泄在那些八月十五的食品上，他手一挥，它们便从饭桌上四处飞溅。小白瓷碗飞到墙壁上，碰碎了，宝石一样的石榴籽落满整个房间的地板。我终于忍不住哈哈大笑起来。

韩新是浙江人，他有江南水乡人的隽秀与阴柔气质，但做事绝不优柔寡断。过完中秋节他就走了。他说对不起，说了很多次。我从他的脸上看不到任何伤悲。他的对不起是为了结束，然后马上开始，他的结束和开始是无缝衔接的，当然不会有悲伤，而开始的喜悦又如此巨大。我的结束则是悬崖绝壁般的，无底深渊般的，无路可退，更无法前行。我们没有告别，他在我上班时走了，傍晚回来时，看见饭桌上放着两把钥匙，一把是单元门的，一把是我们的房门的。两把钥匙决绝地把我们十三年的生活变成了过往，一去不复返的过往。我在饭桌边坐着，冷冷盯住那两把钥匙，直到窗外暮色落下，黑夜来临。我听见自己的身体内有噼啪作响的声音，像有东西在我的身体里破碎了，锋利的碎片划过我的五脏六腑。在黑暗中，我看见自己被开膛破肚，五脏俱碎。我又一次品尝了我妈当年离开时那种洪荒般的孤独、恐惧、绝望。韩新走后，我快速清理掉他所有遗留下来的物品，然而又在某个时刻发疯般想寻找一件他的东西。我就这样在理性与疯狂的不断交织中度过他离开之后的那段时光。

　　后来我开始给姑妈打电话。傍晚从幼儿园回到家，我饭都没煮，就立刻给她打电话。姑妈总是在电话响起的第一声就接了，仿佛电话时刻抱在她的怀里。姑妈的声音很轻柔，她还是很少说话，多半是在听我说。我拿着手机从客厅来到阳台，又从阳台转回客厅，然后来到卧室，从卧室出来进厨房，出厨房又拐进卫生间。我的线路周而复始，从夕阳漫天一直走到繁星满天。中秋节后的星空是多么灿烂啊，星星密密麻麻地缀满幽远的天空，那种密集让人觉得窒息，又有一种疏离的盛世感。我站在阳台上仰望蓝幽幽的星空，和姑妈说白天在幼儿园上班的事情，说我每天吃的饭菜，说我胖了，说我想念念井，说在念井时的事情。姑妈在那头不断"嗯"，然后她说要去做饭吃了。我才发现我们已经通了三个多小时的电话。有时候我也会在晚饭后才给她打，一直打到她说要去睡觉了，这时往往已是午夜十二点。挂掉电话，房间里静下来，我听见自己咚地一声又无可救药地掉进令人绝望的孤独深渊里。那孤独真像一片茫茫无涯的海面，而我像一叶孤舟，前方没有灯塔引路，不知如何靠岸，也不知岸在哪里。

和姑妈的通话也没能驱散我内心庞大的孤独感，渐渐的，电话我也不打了。夜晚，我将自己困于没有灯火的房间内，蜷缩于沙发或床上，双臂抱住膝盖，像冬夜一只受伤的小兽。我并没有流泪，身体里像燃着一团火，我的疼痛是炙热的，这炙热将我的眼泪烘烤干了。那些夜晚，我忽然想到了我妈，对她产生前所未有的怨恨，她自私地将分离与孤独留给了我。其实我也无法肯定对韩新是否有真正意义上的爱，爱情之爱，也许我只是可悲地需要一个人永不言弃的陪伴罢了。我对孤独的恐惧深入骨髓，而我的孤独又过于荒凉和广阔，我无法从自己的内部产生与之对抗的力量，所以我渴望陪伴。

我变成了困兽。其实我一直在等待奇迹出现。毕竟我们一起生活了十三年，是我陪韩新走过他生命中最灰暗最失败的岁月，他怎么能如此毫不留情地离去？我期待某个夜晚来临时，房门被敲响，打开门，韩新风尘仆仆地站在门外，并对我表达离开后对我们的生活无比怀念。然而这世间的奇迹啊，你是如何期待它，它便会如何让你失望。在反反复复的希望与失望中，我终于精疲力竭，找了一个新的住处，搬离我们共同居住七年的新华苑小区。风过无痕，可我不是风，我害怕房间里的任何东西，它们无一不带有韩新的气息。

走的时候一个人，二十多年过去了，回来的时候也还是一个人。从念井搬出去时，我在镇上得了一栋屋子，但我长期不住，后来在姑妈的担保下借给一位族里的亲戚住了。每次回来（其实很少回来）我都在姑妈家落脚。姑妈视我如己出，她总觉得亏欠我，她不负责任的弟弟让人家的女儿遭罪，也让自己的女儿受苦。我觉得她的亏欠有些悲怆，一个人犯下的过错与罪孽，任何人都无法替他弥补与赎罪。

于是我回来了。我是真的想念念井，而它如今已是废墟一片，无一处可以为我遮蔽风雨的屋檐，只剩下残破的瓦砾堆和淹没往昔烟火的繁茂杂草。这广阔的群山和满山的草木能给我什么？

…………

僧没费什么劲就砍断了两根竹子。根是断了，竹子却依然屹立不倒，相互纠缠的旁枝稳稳扶住了竹子。僧直起腰，他的后背湿透了。

"要放倒有些难。"他望着那些缠绕的旁枝说，"不过也不要紧，你要帮一把。"

"当然了。"我说。我们放下手里的家伙，扶住竹子的根部往外拉扯。相当费劲，它们的枝叶缠绕得太结实了，我们像在拔河，劲一松，竹子便被往后拉，一使劲它就哗啦一声响，往下坠一点点。我们就这样一点一点把竹子从竹丛里拉扯出来，两个人都弄了一身汗。雨一直在下，在浩荡寂寥的大山里，我和僧就像两只忙活的蚂蚁，我们本身微乎其微，我们为生死的忙活也微乎其微。两根竹子拖着杂乱的枝叶躺倒在湿漉漉的枯黄竹叶上，竹子白森森的断口处发出新鲜的青涩气息。我们开始砍削长在竹节间的枝丫，僧不断提醒我不要过度使力，竹子外表光滑，刀刃也光滑，很容易打滑，一打滑刀斧就失去方向，很容易误伤自己。他建议我帮忙砍掉那些比较细小的枝丫，比较粗硬的由他处理。

我拿的是柴刀，这种刀具我不陌生。独自在念井生活那两年，上山砍柴拿的就是这种刀具，通常挎在木匣子里，匣子绑在腰上。它的形状类似普通菜刀，比菜刀要长，刀腰也偏窄，尾部有向内扣的弧度。我已经有二十来年没碰过这些刀具了，手一握到它冰凉的手柄，站在竹子跟前，山里的生活便跋山涉水而来。我以为我会生疏，但挥刀的动作，力度的把握，找落刀的恰当部位一气呵成。虽没有僧的行云流水，但明眼人一看也知道我曾有过砍柴经历，那些动作已经在我的骨头里有了属于它们的永不磨灭的轨迹。

僧抬头看我一眼，又看了一眼。

我们在唰唰的雨声中挥舞刀斧，利落地砍削那些横生的旁枝。柴刀落在竹子身上时，力的作用反弹回到我的手臂上，我的身上，我的骨头上。柴刀每一次下落，我的身体便随之一震，那些长久以来被我刻意隐匿起来的不堪、卑微、屈辱、懦弱，在这种极为原始、简单、纯粹的劳作中被释放了出来，它们让我看见另外一个自己，她像极了山脚之下的村庄，湿漉漉的、破损的、脆弱的、固执的，有一种无与伦比的悲凉。我的泪水无声无息地滑落下来，如此坦荡与旁若无人。广袤的天地与寂静的群山，丰茂的草木与晶莹的雨水，不善言辞的僧，包容与接纳了不堪与不甘的我，在他们面前流泪并不羞耻。

我和僧很快把两根竹子结节处横生的旁枝削掉，竹子有碗口粗，直溜溜绿森森的。僧砍掉了它们的尾部，和砍下来的旁枝堆放成一大堆，晒干后可以捆回去当柴烧了。我们身上的衣服全湿透了，和着汗水粘在身上，我们只顾着擦脸，看见彼此的脸庞和双眼都是湿润的。僧感激地看着我笑，我也感激他。

"僧，你孩子妈要是在那边过得不好，回来找你，你会接受吗？"

我忽然问他。

"当然会，自己的家人。"他说。目光落在那两根直溜溜的竹子上。

"她过不下去才想起你，你不憋屈得慌？"也许我不该在这种时候问这些事情，但我实在忍不住。僧的回答让我难以理解与接受。人心是肉长的，如何能够长期遭他人冷落甚至遗忘后，在他转身之际还能捧出如初的心甘情愿？

"不憋屈，没什么可憋屈的，凡事都讲定数，她回来，那也是定数，你命里该有的，这样想，你就没什么可计较了。"他说。

我默默站着，说不出话。他讲定数。定数是什么？是这群山里万物的永恒孤寂？是村庄必须接受被抛入历史之河，最后成为残垣断壁？是这漫天雨水粉身碎骨般从天庭奔赴大地，最终却被大地消融？是离开与等待，并且接受离开与等待才是常态？也许还有人类必须接受死亡，最后成为黄土之下的一堆白骨？

我无法确定僧所说的定数的具体指向。但此时此刻，僧脸上某种类似于悲伤，或者说悲怜的表情，以及雨水中群山和草木天荒地老般的肃静，让我心底忽然涌起一种毛茸茸的柔软……

僧摸出一根绳子，当作尺子从头到尾将竹子丈量一遍。我知道他在丈量什么。抬棺的有八位四十八岁以下的壮年男丁，山里人称为八爷，意味着需要四根长短一致的竹子，每根两端站两位八爷。他丈量完，叉着腰打量那两根竹子。

"够不够？"我问他。

"够的。"他说，"这里本来应该有个仪式的，要给竹子开光，现在山里没人了。没事，将就吧。"

"该怎么做？"我又问他。

"要点一炷香火，这事儿孙不能做。"他说。

"我来做。"我说。

"你是女人，也不能做。"

我们沉默起来。僧说将就，其实还是很在意的，他一直站在那里一筹莫展，而我们得把这两根竹子扛回家的。

雨唰唰坠落，万物静默，时间如永恒。我们湿漉漉地站着，良久，僧叫我待在原地等着，他转身便朝山上攀爬，很快消失在竹林里。不一会儿，粗犷雄浑的喊山声响彻山间："啊呵呵呵——""啊呵呵呵——""啊呵呵呵——"这是山里人寻求帮助的方式。在山上干活的人，碰到难处时便呼喊，若有离他最近的人在干活，会循声而去提供帮助。小时候念井人在山里干活，不小心踩了别人设的捕兽器，便喊山求救。

僧的喊山声不断传来，像一匹孤狼望月引颈哀号。只是这幽深如井的大山里，哪儿来的人？过了半个多小时，我听见从山上下来的脚步声，还有交谈的声音。不禁觉得这大山神秘莫测，它看起来似乎空无一物，但其实又应有尽有，只要你有心召唤，它便像个潘多拉魔盒，将你所需之物捧出来赐予你。我想起那块在深夜坠落于僧屋后的巨石，它让我们与死神擦肩而过，也算是大山的恩赐？

一位戴斗笠、穿一身湿漉漉草衣的汉子跟在僧后面下来了。汉子手里提一只白色蛇皮袋，装有小半截的东西。他见到我，也像僧初见我时愣了。僧解释说是家里的亲戚。汉子对我点点头。黑红脸膛，浓眉大眼，嘴唇很厚，典型的山里人。他的眼神没有僧那么清澈。

"像你孩子妈。"汉子盯住我说。看来他们认识。

僧笑了笑。汉子姓黎,住在隔壁村,就隔一个山头,也是他一家占山为王。据说他在外面混过世界,做过不少能挣钱的生意,当然,钱最后全败了,他只好回到山里。山里人能吃苦,挣钱也许比守钱更容易些。他也算是个见过世面的人。他和僧都比我小,随僧叫我姐。他赤一双蒲扇般的大脚,湿淋淋的,裹着泥巴,也不顾忌山地里的荆棘,裤管高挽,露出两截粗壮的褐色小腿。如今他和老婆两人住在山里,镇上也有房子,两个孩子在县里读中学。

问他为什么又回来。他也没回答出个所以然,只笼统地说就是喜欢爬山,心里有什么事情搁着,爬爬山,爬到高处,什么事情都变小了,都想通了。我便不再问,那几年,我不是也常常这样吗?

汉子把潮湿的袋子放在地上,里面是蘑菇和山笋,他来这片山找笋来了。连续几天的雨水,催生出很多新鲜美味的山货。这些东西晾晒制成干货,价格可不低。汉子望着两根滑溜溜的竹子,摘下斗笠放在竹子上,然后摸出一包烟。是自卷的烟草,烟纸是深褐色的。他哒哒哒地点那种一块钱一个的打火机,一连点燃三根烟,放在斗笠之下,权当三炷香火。烟草燃出袅袅烟气。我们都默不作声,只有雨落于草木之上的噗噗声。四周安静极了,连一声鸟鸣也没有,草丛中也无一声虫鸣。这简单的仪式在广阔幽深的群山面前如此卑微,却令人无比敬畏。

"家里都有准备了?"汉子开口说话。雨簌簌地打在他的头和草衣上。

"孝布、寿衣、棺木都备好了,栏里养了猪,小了一点儿,也够的。亲戚不多，镇上的村人就不请了。"僧说。

汉子点头。"我妈前年走时也这样，亲戚来就成，也不好请村里人回来，来也应付不了，桌椅、碗筷、锅灶都不够，不像以前可以左邻右舍去借的。棺木亲戚抬就好，也不讲究，到时我会过来帮忙。你放丧炮我在那头听得见。"汉子说。僧不断点头，在汉子的果决面前，僧的脆弱与无措袒露无遗。他默默凝望斗笠之下那三根轻烟缭绕的烟草。此时他的心情我无法感同身受，我未曾经历过死亡。即便是我的双亲、姑妈去世，我也不可能感知僧此时的心情，因为我们与死者之间的感情不一样。僧和他的养父是生死相依，是这群山与草木的共生与拥有。我和我的亲人之间是什么？我忽然很难过，为僧即将失去的却也是永恒的，为我仍然存于世间的却也如同永恒失去的。

三根烟草烧完，汉子和僧各扛一根竹子下山了，我拎着柴刀和斧头跟在他们后面。三个人小心翼翼地朝山下走，竹子将我们彼此隔得很开。假如有一只鸟站在某一座山头，一定会看见我们像三只小兽般狼狈地抬着家当穿行在草木与雨水中。我们都没有说话。

回到家里，竹子搁在屋檐下，汉子脱掉草衣，和僧进他养父的房间，想看看老人家。直到我换好湿透的衣服出来，他们还在里面，静悄悄的。我来到房门口，看见僧湿漉漉地垂头坐在床边，拉住老人一只枯瘦的手，汉子直挺挺立在床前，挡住老人上半身。他回过头看我一眼，然后转身走了出来。

"人走了。"他简短地说。我一阵惊愕。

"早上还好好的……"我说。早上我和僧准备上山时，他还进去看过他的养父。

"很正常，人老，又久病，有早没晚的。"汉子说，"你去烧热水，要给老人净脸。"

"有净脸人吗？"我问。

"如今哪还有净脸人，我们自己动手。"他说。

我便去厨房引火烧热水，汉子戴着斗笠出去了。僧在火灶肚里埋有火种，我很快便把火引了起来，在火灶上放好水壶。干燥的柴火在燃烧中发出噼噼啪啪的爆响。僧一直待在老人的房间里，我叫他出来换身干衣服。他垂着头，依旧握住老人的一只手，一动不动地坐在幽暗的光线中。我来到厨房后门，雨一直在下，似乎可以下到地老天荒。我看见汉子站在那两块巨石之上的山腰处，他在深草中，正攀折一棵柚子树的枝叶，树枝晃动，他被抖了一身雨水。沉寂，像千年前的时光，生命的告别如此悄无声息。我忽然浑身哆嗦了一下，像是害怕自己也沉入千年前的沉寂里。

我把烧热的水倒在一个木盆里，汉子将摘来的柚子枝叶泡了进去，四处找不到剪刀，只好放进一把小小的水果刀。柚子叶清除尘世污秽，剪刀剪掉凡间三千烦恼丝，生命纯洁降临人世，应当如初离去。他把热水盆端进老人的房间里。我因是女性，便回避了。里面传来拧干毛巾的流水声，屋里的两个人没有任何交谈。我蠹立于门外，这山间岁月，无声无息无波无澜，我自以为是凝固的，是不变的，但其实它一直从未停止流逝与变幻。我来时，有洛、有老人、有僧，如今只剩下僧了。短暂几日光阴，阴与阳两个世界便黑白分明横亘于我眼前。我感觉像有什么东西从我的心上坠落，又有什么东西从心底升起。

僧端了木盆出来，双目泛红，脸上是一种微醺的茫然状态，似乎不太相信眼下已经确凿无疑的事情。他走得有点头重脚轻的，双脚相互打着，差一点儿绊倒，木盆里的水一晃，洒了半盆出来。我连忙上前扶住他，他才如梦初醒，端着木盆出门，将水倒在门外的杂草丛中。

"要报丧。"三个人站在堂屋里，汉子说。僧点点头，他转向我。

"檀姐，你该回镇上了，白事，你待着不吉利。我大伯的孩子们在镇上，你帮我带个声，他会招呼其他亲戚回来的。"僧给我报了一个名字。

"我这就走。"我说，"假如我姑妈家没事，我跟亲戚们回来。"

"不要来，拜（谢谢）你了！"他说，"往后有时间你再来。"

我没和他争执，立刻回房间收拾我的东西，把剩下的几百块现金放在枕头上。

汉子已经开始着手锯那两根竹子了，他的草衣挂在屋墙上，不断滴落水滴。我和他道了别。僧拿着两顶斗笠跟在我后面，要送我出到路边。雨看来今天是停不了了。我们穿行在杂草淹没的村路中，走过一栋栋破败不堪的房屋前。这些房屋，连续几天浸泡在雨水里，越发显出腐朽的败落相。

"你会出山去吗？"我走在僧身后问。

"不会。"他毫不犹豫地回答。

"就你一个人了，如何能待在这里。"我说。

"孩子妈走时说等孩子大些会带她回来看我。"僧说。

"所以你要守在这里？"我说。察觉到自己的声音忽然高了，像带着愤懑，立刻又被这愤懑弄得羞愧无比。

"我姐也可能随时回来。"他又说。

"你到镇上去住,她们回来也能找到你。"我说,打了个寒战。无法想象这沉寂深幽如海的大山里,夜幕落下之后一个人该如何度过。

"那不一样。"他说。

"有什么不一样?"我问。

"她们熟悉这里。"僧轻声说。

我不再言语。

我们在路边告别,僧转身往村里走,往低处走。我朝前走,往高处走。就在我快要拐过一道弯时,我已经处在半山腰了。忍不住转身朝来路张望……我的眼前忽然浮现出城市的高楼与车水马龙的幻象,它们像一幅幅剪影般投在眼前的群山之中,奔跑着一闪而过,片刻后群山又恢复沉默,草木依旧清宁,落雨还在潇潇,村庄越发颓败,小径被杂草淹没了,微渺的人影几乎看不见,这一切在我的眼中忽然变得如此慈悲,让我产生宽宥一切的力量。

我哭着从包里摸出一封皱巴巴的信。信封是土黄色的,标准信封那种,封面不落一字,没有地址,也没有封口。它当初是通过快递寄到念井的,这封信套在快递袋里,然后快递辗转到我姑妈手上,姑妈又通过邮政快递将信转寄到市里给我。

只有两页信纸,我已经很久没见到过这样的信纸了,白纸红格,像小时候用的语文作业本。我并不熟悉那种字体,因为我没见过我妈写字,应该是由别人代写的。她告诉我她老了,浑身各个关节都疼痛,尤其雨天疼得更厉害。她说她在那边没有自己亲生的孩子,老头的孩子们嫌弃她。她说她对不起我,她特别想念念井,常常梦见半山腰那眼泉眼变成一口常年满水的大井,可以灌溉山脚下的庄稼地,她还说想回来,并且在信末尾留下了电话号码。

这封从四川某镇寄来的信是两个月前落到我手上的,我反反复复读,但从没能顺利一次从头到尾看完,看个开头,看到一半,我总是怒火中烧地想将它撕个粉碎。我努力一次又一次克制怒火,它才得以完整保留至今。

我边走边将两张皱巴巴的信纸再次展开,那些字迹在我眼里渐至模糊,消失。在皱巴巴的信纸上,我看见我炊烟缭绕的村庄,结满果实的庄稼地,长满草木的群山,以及群山之巅上辽阔的蓝天与璀璨的星空……

(原载《长江文艺》2022年第10期,有删节)

黄昏的酒

深冬的阳光从屋檐下蔓延到墙壁上,很快就要照到并不算高的厨房窗户时,黄昏便来临了。莫老太通常这时候正在厨房里忙碌最后一道菜:野菜蛋汤,或者野菜瘦肉汤。她喜欢在野菜汤里加点东西,那样汤水的口味会更好。他们家的晚饭汤水一向都是野菜煮的,夏天是一点红、白花菜、红糯米菜,冬天是野芹菜、野茼蒿、马齿苋,诸如此类。这些野菜在不同的季节总是漫山遍野地长,尤其是在河边,当然,这个镇子上喜欢吃野菜的人并不多,野生的,总是不如地里种的口味好,这也是莫老太为什么在野菜汤里加鸡蛋和瘦肉末的原因。野菜汤有一股初春青草般的清香气息,这缕若有若无的气息总是让她欲罢不能。一个野菜汤搭配一荤一素,这就是晚饭的全部菜肴。只有两个人,一向如此。

厨房里慢慢变得昏暗下来，煤气灶的火光开始形成隐隐约约的光亮。厨房不算大，洗菜盆却砌得很大，和这个厨房的拥挤形成很鲜明的对比，但凡进过这个厨房的主妇都会惊叹于这个洗菜盆。这是莫老太在最初砌它时特意关照的——那是三十四年前的夏天，她记得很清楚。那时她怀着六个月的身孕。最初三个月辛苦的晨吐过去后，她的胃口渐渐好起来，就是在那时候，她喜欢上了吃野菜，清香而略带点酸涩味道的野菜让她胃口大开。老莫那时候非常年轻，他要比莫老太年轻上三岁，一口山上人的别扭腔调，镇上的孩子们总是卷着舌头学他说话，常常闹得他满脸通红。莫老太挺着大肚子，指挥他砌那个洗菜盆。儿子五岁之前，她常常在洗菜盆里给他洗澡。热水桶放在洗菜盆里，孩子坐在热水桶里，溢出来的水也不会洒落到地板上。如今儿子已经三十四岁了，不久前刚成为一个健康男孩的父亲。

莫老太瞧着锅里渐渐起泡的水，往事在越来越昏暗的光线里一点一点浮上来。她总是容易在昏暗的光线里回想往事——她的一生，她的遭际，也只适合在这样的背景里回想——那并不美好，而她并不想搅扰昔日，但这慢慢暗下来的浮光掠影总是牵扯起那些久远的往昔。她轻轻叹了口气。她把白花菜放进烧开的沸水里，剁碎的肉末也跟着倒了进去，搅散肉末，锅里的水渐渐变白起来，那是肉末的颜色，等水再次烧开，撒上盐巴，就可以盛起来了。她再次往厨房窗外看——老莫从不远处的河边挑水回来，他们的厨房后头是一片不算大的菜地，种着四季豆、西红柿、肉芥菜、卷筒青、豌豆苗、葱、蒜、辣椒，夏天还会有瓜苗和青瓜。他通常利用莫老太做晚饭的时间挑水淋菜。她看见他和邻居利森的奶奶打招呼——实际上利森的奶奶和她同龄，只是自己的儿子结婚晚，利森的奶奶便先她一步当了奶奶。利森如今已经六岁了，牙齿全被虫蛀光了——说着什么，她听不太清楚。然后他挑着水进了他们家的菜地，淋豌豆苗。莫老太关掉煤气灶，拧开厨房的白炽灯，把煮好的野菜汤倒进汤盆里。饭菜全都端到饭桌上后，她来到厨房后门口，看着老莫淋菜。这个和她共同生活了三十四年的男人，她如此熟悉，她了解他生活上的任何习惯，知道他的胃口，懂得他的脾性，一切都如此熟悉。但是，总是有那么一点儿什么，类似隔阂的东西横在他们之间，当然，也许只是存在于她心里，她始终无法像别的女人那样把全部的心思放在丈夫的身上，她觉得老莫似乎也明白这一点，但他从不说什么，他们无波无澜地过了大半个人生。

"晚饭好了。"她说。他正在淋菜地边上那株接骨木。在深冬里，它长得很不错，枝繁叶茂的，老莫常常从河边挖回肥沃的淤泥埋进它根部的土里，当作肥料。她会接骨，当然只限于一般轻微骨折。镇子上每年寒暑假期总会有那么一两个顽皮的孩子弄折了胳膊或者小腿骨，母亲们便带着孩子来找她。她会轻柔仔细地捏住孩子的胳膊或小腿，寻找受伤部位，判断骨折程度，假如不在她力所能及的范围内，她便建议孩子的母亲去县里的医院瞧，一般的骨折她便帮忙处理，接骨木当然是必不可少的。他弯着腰回应，把最后一瓢水淋到接骨木根下。

老莫喜欢晚饭时喝上两口，酒是镇子上梁三的父亲酿制的，全镇子就他一家酿酒。他舍得选用品质优良的大米发酵，因此他酿的酒口感醇厚，气味芳香。

他洗了手坐近饭桌，莫老太从饭桌下拿出装着米酒的白色塑料桶，给他倒上大半碗。

"你也喝一点儿吧，今天冷，喝上两口人暖和。"老莫说。他的额头上有两道像是刻上去的深深的横纹。

莫老太迟疑了一下，她瞧见他左手拇指上缠绕的防水创可贴胶布，于是往自己的饭碗里倒了半碗。这个镇子但凡上了点儿年纪的男女，都有点儿酒量。莫老太在夏季收获芒果时也会在黄昏的晚饭喝上几口。摘芒果实在太累了，喝一点儿解解乏。

他们开始吃晚饭，不声不响饮酒吃菜，偶尔从菜园外传来一两声不明的声音，像有什么东西落到潮湿的土地上，噗地一声闷响。天色暗下来了，容不得这顿饭吃完，天就会完全黑下来，气温也会变得更低。深冬的夜晚总是来得没有任何过渡，仿佛黑是一下子从天上掉下来的。

"今天顺利吗？"她问他。

"还好，在上利村要回了中秋节给老邓家打衣柜的工钱，我放在抽屉里了，六十五块。"老莫说。他抿了一口米酒，往下咽时脸上是惬意的表情，眼里带着笑。但莫老太还是看出了他隐藏在笑容之下的些许忧虑，这两天来他话也变少了，睡觉之前不再和她聊白天他下村的事情。

"上利村还有铁老头家的一套饭桌椅工钱，我记得是重阳节打的，那天他带来了出工礼，一斤白糖。"莫老太说。她不太喜欢在冬天喝酒，喝下去冷冰冰的，感觉像是灌了冷水，要等酒的热性出来后，人才开始暖和起来。

"也问了，但他目前拿不出那笔手工钱。"老莫说，脸上带着愧意。这是他作为一个山里人残存在他品性里的美好品质，当他觉得自己无法令对方满意时，他的脸上总是会带有这种表情。莫老太每次见他这种表情，心里总是无端地痛一下。她对他没有多少夫妻之爱，但他作为和她相依为命的男人，她还是会在内心深处对他产生体恤之情。

出工礼是这一带的风俗，但凡请人到家里帮忙干活，总会带点儿礼品前来邀请，表示邀请方的诚意和对被邀请方的尊重。

"我看他是不想给，每个集市我都碰见他老婆卖鸡，鸡养得不好，偏还卖得比别人贵。眼下快过年了，谁家不需要钱？"莫老太埋怨起来。

"也许是人家真有难处，再等等吧，这个卷筒青吃得甜，比大白菜好……今天在拉力村又打了一个小碗柜，下个集日人家就会送工钱来。"老莫说，他开始喝汤了。莫老太又瞧了一眼他左手拇指上的创可贴。那双手骨节粗大，手指上布满皱纹，手掌宽而厚，不是天生福运的那种厚实，纯粹是长年累月干活打磨而生成的。在没活儿可干的时候，他常常两手交替着相互摩挲，仿佛两只手在相互慰藉。不过他通常没有闲暇的时候，总是能找出各种各样零碎的活儿来干。他深灰色衣领的两个领尖蜷曲着，这件衬里有毛的厚夹克衫已经穿了很多年，前胸的拉链也换了好几回，袖口的扣子颜色不一，一边是黑色的，一边是灰色的，袖口的边也磨出了毛。他一向如此，穿着上不是很讲究，这并不是说他穿得很脏，莫老太在这方面还是很关心他的。她对婚姻尽了一切看得见的本分。

老莫喝干净酒后把空碗递给她，莫老太便起身进厨房给他盛米饭。她一直舍不得用电饭煲煮饭，觉得费电。饭一直用煤气烧，但儿子回家她便使用电饭煲，儿子总是嫌弃煤气烧出来的饭不好吃。从厨房的窗户往外看，天色已经黑尽了，天空黑黝黝的，没有一点儿星光。从窗户涌来的夜风带着河水的气息，这使厨房比别处更冷。假如是在夏季，这里便是最凉爽的地方，黄昏时窗外的景致也会更加绚烂，晚霞的光亮会从窗户透进来，落在火灶上，使厨房蒙上一层淡橘色的柔光。想到儿子，莫老太轻轻叹息起来。

他们安静地吃着晚饭，直到晚饭结束，也没再说什么，一直在回避谈论那件事情。

深夜下起了雨，窸窸窣窣地落在屋顶上，并不大。通常这个季节的雨都不会大，有一阵没一阵地来。但这种雨如果下多了，无端端地便让人涌起愁绪。莫老太睡了沉实的一觉，应该归功于晚饭时喝的那半碗米酒。醒来时听见簌簌的雨声。老莫在身边打着轻微的鼾声，她感受到他身上散发出来的气息热烘烘的。莫老太睁着双眼听了一会儿老莫的鼾声，然后轻手轻脚起床，从床头的椅子上拿了件厚外套，摸黑出了房间。

房间外很冷，深夜的寒冷气息渗透进这栋老房子，莫老太努力忍着要打出来的喷嚏，胸口一阵阵发紧，喷嚏被她生生忍回去了。她在黑暗中挪动脚步，渐渐适应屋里昏暗的光线，来到祠堂边上。她不想点灯，在神堂上摸索打火机，点燃已经燃了半截的蜡烛。

光一点一点地在房间里晕开来，屋里的一切渐渐显露，都收拾得井井有条的。莫老太出神地望着祠堂，直到裸露的脚脖子那儿冷得隐隐作痛，她才回过神来，抽出三根香，对着蜡烛点着后插到香炉里。她不是很相信这个，但此时她的内心如同这冷寂而空旷的深夜一样，必须要做一点儿什么来驱散这种让人发慌的空旷感，而这是此时唯一能做的。她望着香火一点点地闪烁，喉咙渐渐发紧。在这个小小的镇子上，她大半生都在努力而拘谨地活着，做了一切女人该做的事情，相夫教子，操持家务，本分守贞，从未奢望过努力付出的这一切能换来她晚年的太平，在她决意生下儿子的那一刻，她就知道她的晚年将不会太平。

前两天，儿子回来请她去县里帮带孩子。那是个惹人怜爱的孙子，长得有点黑，很胖，手腕和脚腕处堆出层层叠叠的蜜色一样的肉褶子。媳妇怀孕时她去过两次，孙子出生后是亲家母伺候的月子，但她也常常带着家里养的鸡去看望媳妇和孙子。

"孩子上初中之前，得有个人专门照看。"儿子说。他是在饭桌上说的，只对着她说。意思是说，从现在起，一直到孩子上初中，莫老太必须在县城陪着孩子。而如今孩子才六个月不到，媳妇已经开始上班了，最好是近几日就能去。

"近几日就去！"莫老太在黑暗中默念这句话，这意味着她的家庭生活将会发生巨大的变化。

蛇皮袋已经很陈旧了，变得很薄，不过每过一阵子，老莫便会拿到河边去搓洗，因此袋子是干净的，尽管它看起来呈现出一种灰黑色，然而当初它是洁白的。里面装着他打家具的家伙，斧头、刨子、卷尺、墨斗，稍微显得有些长的锯子等。除了夏季收芒果，他还在镇子的周边村屯给人打家具，尤其是进入冬天以后，嫁娶的喜事多了起来，老莫变得更忙碌了，天天背着他的工具袋下村。农村的生活几百年来似乎都没有改变，镇子上其实是有家具店的，但农村人还是喜欢打造的家具。家里但凡有孩子出生，总会为孩子种下一片杉木，为其将来的婚嫁做好准备。老莫打了半辈子家具，但到儿子结婚时，他连一件家具都打不上，儿子不需要这样的家具。老莫很难过，护了半辈子的犊子，终究也是白费了他一番心血。

今天要去的是姜村老费家，要打一个六扇门的衣柜，办喜事用的。上周四，一个浓眉大眼的小伙子带着一包米花前来邀请，指定要今天开工，今天是吉日。姜村费家，他当时迟疑了一下，还是答应了。他从来不拒绝上门来邀请的人，那是一份对人对己的尊重。

装工具的袋子常常被他甩着吊在肩膀上背。这是山里人的习惯。来这个镇子生活了三十四年，好些习惯他一直没能改过来，也许要一直带着它们进入坟墓了。想到死，他哀愁起来。得有人甩火盆，得有人披麻戴孝捧着香火在灵柩前引路，得有人将他的生卒记进家谱里，这一切都得自己的血脉骨肉来完成……

儿子的眼中总是带着隔膜和冷淡，老莫看着他呱呱落地，把他扛在肩膀上，教会他使用筷子、绑鞋带，尽了所有的父亲该尽的责任。儿子小时候是很可爱的，但慢慢的，他小脸上的表情越来越倔强了，他清亮的目光开始学会审视自己所看到的一切，渐渐的，他的言行里开始有了对老莫的抵触和抗拒。当老莫以过来人的身份给予他一点儿生活上的建议时，他的眼里甚至带着明显的嫌弃与怨恨……儿子二十岁离开镇子去县城工作后，极少回家，但他会打电话回来，为了避免尴尬，每次电话响起，老莫总是让莫老太去接，恰好逢她不在，老莫就任由电话在那里孤单地响着。

老莫想象着莫老太离开家后的情形，无论如何他也不愿意落到晚年孤苦伶仃的境遇。他并不缺乏独自生活的能力，能料理好生活里的一切棘手事情，他甚至连缝纫都会。他并不担心这些。他所不甘的是，作为一个男人，终其一生心血建造起来的家庭生活，就这样不堪一击。他在镇里人面前总是一副和善、凡事看得开的模样，但他知道自己还有另外一副面孔，这副面孔之下的他敏感、脆弱、小心翼翼。

出了镇子，朝那条渐渐往山上蔓延的山路走去，山风渐渐紧起来。山里总会有风，不过阳光很好，明亮地照耀着一切，看不出夜里曾下过雨，是个难得的晴天。冷冽的山风吹过来，贴着创可贴的大拇指一阵阵胀痛。那是前两天给上梁村老张维修他家厨房那扇后门时，给门扇上的钉子划破的，伤口不大，但却相当深，生生地刺了进去。他是个好木匠，但他常常弄得两只手伤痕不断，活像个新学徒。

刚才出门前，莫老太拿出一副崭新的灰色棉线手套给他，他的手套放在祠堂边上了。

"在路上戴，手暖和一点儿。"莫老太说。她说的时候一直看着他，他的眼袋有些大，显然是夜里睡得不太踏实。他把手套放在祠堂边上，莫老太又拿起来，在手里摩挲着。她意识到他在拒绝她，这是不常有的。

天还早，不到九点半。老莫缓慢地向山上走，姜村并不远，翻过这座山就到了。虽然是深冬，但山上的草木并不萧条，只是有些枯黄。只要过了春节，再来一两场春雨，它们便又会变得绿莹莹的，它们从未轻易辜负过任何一个春天。他对山里的一草一木如同他掌心的纹路般熟悉，连山风都是他想的样子。

在儿子七岁时，莫老太又怀过一个孩子，但在三个多月时，孩子流掉了，他们就这样失去了这个孩子。之后，莫老太再也没怀过。

半山坡上有个身影在移动，那面山现在还阴着，阳光还没照耀到那里。人影如同山上的阴影一样黑，他显然看清楚了光亮处的老莫，朝老莫举起一只手臂，老莫一时看不清那是谁。

"嗨，老莫！"

略显沙哑的声音，同山风一起送到老莫面前。老莫听出来了，是镇子上著名的流浪汉老耿。老耿从年轻时开始，就着魔般一阵一阵离家出走，过个一两年再回来，待上一年半载又出去。很多人在县里，甚至省外都遇见过他，跟叫花子一样沿途乞讨。没有人能理解他的行为，包括他自己。他一辈子都没结过婚，但他有儿子，这是全镇子都知道的事情。他每次离家出走回来，都会在镇子上引起一场相当长时间的议论。老人和孩子们簇拥到他落满灰尘的家里，听他讲旅途的见闻。镇子上的人对他的际遇非常感兴趣，但却不太相信他说的话，觉得他在吹大牛。他们一致认为流浪汉在外边有不止一个老婆。老莫对这个老流浪汉充满无法言说的敬意，认为老流浪汉是个能破坏生活的人，活得随心所欲，而他却一辈子被生活捆绑住了，他的一生甚至连个好梦都不曾做过。

老莫站在光亮里，也朝人影挥挥手，等待从山上慢慢下来的老流浪汉。老流浪汉从暗处慢慢挪到了阳光照耀到的地方，老莫这才看清他的左胳膊用一根布带托着，吊在脖子上。

"老哥。"他朝老流浪汉打招呼，"胳膊怎么回事？"

"折了，从床上滚下来，人老了骨头脆，还尽做些吓人的噩梦。不瞒你说，我年轻时从不做梦，老了倒是梦多了。被一群没有面孔的人追着，没有面孔，这叫什么梦？"老流浪汉骂骂咧咧的，那张皱巴巴的脸被山风冻得通红。

"你该去瞧瞧，弄不好会留下毛病的。"老莫说。他当然一下子就想到了会接骨的莫老太，但他没说出口，莫老太会接骨，全镇子的人都知道。

"我觉得没多大事情，就是有点疼，得吊一吊。我记得这面山上有接骨木的，真是见鬼了，怎么也找不到了，莫非死掉了？"

"家里有，我晚上给你送过去。"老莫说，"好一阵子没见你出去旅行了。"

"不是要过年了吗，打算过了元宵节再出去。我这双腿是闲不住的，除非它也折了，折了我就消停了。"

"哪能呢，人不会那么倒霉的，连老天都不会饿死瞎家雀。"老莫说。

"嗨，老弟，这个镇子就只有你会多看我两眼了。我真弄不明白，到底我招惹谁了？我昨晚叫侄子给我买把面条，你猜他干了什么？这个兔崽子，居然朝我吐了口唾沫，那可是我亲侄子呀，这个兔崽子。"老流浪汉气咻咻地朝地上吐了口唾沫，结果山风一吹，那口唾沫落到了他肮脏的鞋面上，两个人都笑起来。

"今天上哪村？"他问老莫。

"姜村，过了这道山梁就到了。"老莫拍了拍工具袋。

"好的，不耽误你赶工了。老弟，你这也是一种旅行，乡间旅行。这个镇子的人全是趴窝的母鸡，一辈子没几个人走出过这个镇子，眼界比针眼还小，他们不知外边的世界有多大，这样的人生有何意义？

没有的……好了，你走吧，改天我们哥俩来两杯。"

他们在越来越亮的冬日阳光里告别。老莫爬上了山梁，觉得胸口有点儿堵，在路边的石头上坐下来，没有来由的一阵委屈汹涌而至，瞬间眼泪汪汪的。嗨，他使劲闭了双眼，把打转的泪水逼了回去，然后捶打自己的膝盖。他不愿意回想过往，但内心总是有一股力量在驱遣着他，他常常会陷入对当年选择的迷茫里，究竟是对还是错？毫无疑问，他当年的选择是有私心的，不然谁会做那样的选择？但有一点可以肯定，他努力做了该做的一切。

老莫一进老费家，就看见莎莉依然纤细的身影，她当然也老了，头发已经开始灰白，但她的脸上带着安宁祥和的光芒，她不笑，却总是透出笑的模样。早年她可不是这样的，早年她是个不幸的女人。老莫知道她嫁到姜村的费家，前两天那个请他出工的小伙子就是她的幺儿。这一切他都知道，譬如莎莉也知道他。

她正在院子里喂鸡，一群毛色水亮光滑的鸡挤挤挨挨地围在她脚边。她抬头看见他，笑了笑，仿佛他们早上刚刚见过面。实际上他们今年见的最近的一次面是八月十五，她带着她的大孙子去镇上赶集，他给她的孙子买了一包冬瓜软糖。

"来了。"她笑盈盈的，朝地上撒着金黄的玉米，阳光在她的指尖上跳跃着。

"来了。"老莫说，一种欢快的情绪在心里涌动。他想起当年的莎莉，年轻得像刚从地下拱出来的嫩笋，脸上总是带着让人舒心的笑容。老莫望着眼前的莎莉，忽然生出一种令他焦灼的牵挂，仿佛此时他和她天各一方，但她分明站在他的眼前，身上披着暖暖的冬日阳光。

"孩子们都出去了，幺儿说就按照六扇门的衣柜打，他说你明白的，你打过那么多衣柜。"她一直在笑，脸上的笑容是对他的赞赏。六年前的她不是这样的，他偶尔在镇子上的集市见到她，她总是愁眉不展。后来她那爱喝酒打人的丈夫去世后，也许是因为摆脱了愁苦的日子，年轻时候的笑容再次回到她脸上，她变成一个安静祥和的女人，似乎忘掉了所有的不幸。莎莉的大儿子成家后，她一直和小儿子一起过。他知道她家里也种了一个山头的芒果，日子并不拮据。

"我明白，如今年轻人都喜欢大衣柜，我们那会儿可都只是两扇，富裕的人家打四扇。嗨，一晃都这么多年了。媳妇是哪个村的？"老莫朝屋檐下那堆新鲜木料走过去，今天是不能动工的，他得先把适合打衣柜的木料选出来。有经验的人家一般都会给师傅先选出木料，但这样的活儿只能是家里有眼见的男性长辈才能做到，而这个家已然没有了男性长辈。

"上华村的。"莎莉说。她拍打腰间的围裙，右手腕上戴一个细细的银镯子。"老韦家的二女儿，比幺儿还大半岁，不过我倒觉得女的大一点儿好，懂事。一个家里成不成事，多半也是看主妇，主妇能持家，家里的光景就好。我这一辈子，也就剩这一件事了，这事一完，我死了也闭眼了。"她望着他，他也老了，两个嘴角松松垮垮地朝下吊着，这使得他的面相看起来有几分隐约的苦楚。他们是一个村的，后来老莫入赘到镇子上，她也匆匆嫁来姜村。

"嗨，哪能就死了呢，你还得等享孙儿的福呢。"老莫开始搬弄那些木料，把用得上的选出来靠屋墙竖放。"孙儿"轻轻从他嘴里出来，他的胸口隐隐作痛。莎莉有孙儿福享，莫老太也有孙儿福享，唯独他在享人生难以预料的苦涩。

莎莉瞧着他，往事在她的眼底变成了闪闪发光的泪水。那时候，她怎么都留不住他，她清白的女儿之身和骄傲的女儿之心，输给了已怀有身孕的镇子上的女人。好多个集日，她到集上去转，想见一见那个偷走了她意中人的女人。一直到莫老太出了月子，抱着肥白的儿子在街上转悠，她才远远地瞥了她一眼，尘埃落定般的一眼。

如今她早就原谅了一切，包括那个让她吃了不少苦头的死去的男人。她对他充满怜悯，只有内心懦弱的人才会对人拳脚相向，他们不相信人的内心的力量，只相信蛮力能征服一切，可怜的人。

莎莉想对他说人来到这世上就是要受苦的，哪有什么福享。但最后她什么都没说：男人有时候是不开窍的，譬如三十四年前他做的那个决定，譬如那个总是喝酒打她的男人。她在阳光下安详地看着他，然后转身进了屋，片刻后端出来一碟玉米鸡蛋饼和一碗暗红色的醪糟甜酒，酒面上漂浮着颗粒饱满的糯米，放在院子里的木桌上。

"我吃过了。"老莫瞧那碟黄灿灿的玉米鸡蛋饼，心里五味杂陈。那是这一带待客的一种食品，乡下如今还在延续这种古老的待客习俗。相对来说，镇子上的礼俗就要粗糙得多了，莫老太一辈子都不会酿制出这种用糯米和甜酒饼发酵的醪糟甜酒。

莎莉进屋拖出来两把背靠椅放在桌子旁，示意他坐下。

"吃一点儿，好歹也得吃一点儿。"莎莉笑起来，她的手里捏着一把瓷白的汤勺。老莫放下木板，她把汤勺递给他，两个人相对而坐。

"莎莉。"他捏着汤勺，搅拌还在冒热气的醪糟甜酒。他想说一句什么，鼻子却酸溜溜的，忽然觉得有说不出的悲苦。醪糟酒很甜，带着一股浓浓的发酵的酸甜味儿，这缕甜味儿好歹把他的辛酸压下去了。莎莉把那碟黄灿灿的玉米鸡蛋饼推到他面前，他掰了一块。她放了足够多的花生油煎，晕了他一手。

当年，年轻气盛让老莫对一切充满了希望，那种盲目的希望最终促使他做出了让人不解的选择。他记得那场婚礼。那时候山上的家无疑是贫穷的，但老天在上，他从未对贫穷感到过恐惧，他也从未嫌弃过山上的生活，而他对镇子上的生活更是充满了难以遏制的热情。每次从山上下来赶集，镇子上的一切总是让他感到新奇和兴奋——琳琅满目的小商品，人来人往的街道，一排排整齐的房子（即便那时候只是和山上一样的木板房），小伙子们脸上带着的天生优越感和姑娘们的自豪，这一切都深深吸引着他。当年的老莫当然也知道年轻的莎莉对他暗生情愫，但是，那个对他充满憧憬的姑娘，愣是让他觉得她只是邻家一个亲切的小妹妹。给他保媒的是外婆那边一个并不算近的亲戚，他随她从山上下来，穿着硬邦邦的簇新的蓝靛布料衣裤。他只和莫老太在她家的堂屋匆匆见过一面，她给他端了碗褐色的茶，之后便没再露面。老莫甚至都没看清楚莫老太的长相，他只看见她背后拖的那根麻花辫子。莫老太的父母和兄嫂都垂着头，仿佛亏欠了他。只有年轻的老莫兴致勃勃地坐在那里，想象着在镇子上的未来生活。二十天后，婚礼就举办了，去山上接他下来的是莫老太家里的八位族亲。当年这场特别的婚礼在镇子上引起极大的轰动，老莫和接他的新娘家的人回到镇子上时，街道两边站满了人，连镇子周边村子的人也来看热闹了。他当时穿一套有风纪扣的深色中山装，胸前别一朵大红色纸花，头发被伙伴们抹了芦荟胶，很硬挺地成三七开。伙伴们也夹在送亲的队伍里，他们浩浩荡荡地穿过镇子朝新娘家走去，在路过镇子上那棵小叶榕时，拥挤在榕树下看热闹的人突然哄笑起来。那么多天，自从在莫老太家里看到她那天起，年轻的老莫一直沉浸在他觉得有能力变为现实的幻想中，直到婚礼上这场哄笑声起，老莫才像从梦中惊醒，一点一点被拉回现实里。他知道他将会面临一段长时间的尴尬日子，但那时候年轻的他相信时间将会带走一切，他会赢得镇上人的信任和尊敬。

但是后来，他慢慢发现，并不是这个镇子不向他敞开心扉，而恰恰是他认为会与他相濡以沫的家人总是有意无意地对他筑起无形之墙。

"再吃一点儿吧。"莎莉劝他，"煎煎饼的花生油是立秋才新榨的，今年的花生长得不错。"

"在家里吃过了。"老莫把最后一口醪糟甜酒喝完，他很久没喝过这东西了，芬芳的酒香让他回想起还在山上老家时的年轻时代。他有两个兄弟和一个妹妹，他是老二。母亲每年腊月总会酿一大缸醪糟甜酒，正月家里来客拜年，她会从窄口的瓮缸里倒出一盆，拿到火塘去热，然后倒一碗给客人喝。四兄弟姐妹也能每人分到一小碗。那是充满快乐的回忆，贫穷的家并没让他和几兄妹吃什么苦头，母亲总是能把家里单调而有限的食品做成可口的吃食，她温和而坚韧。当他做出那个决定时，母亲在火塘边整整坐了一夜，她从没苛责过儿女们所做的任何决定，她像信任自己一样信任自己的孩子们。没有人知道她内心对于这桩婚事的看法，她平静地接受一切。刚结婚那几年，老莫常常回家。镇子上的清洁干净让他觉得美好，但也有一些不好的东西侵袭着他，他的日子过得并不平静，这让他感到苦恼。而那时候的莫老太把所有的心思都放到孩子身上，几乎忽略他的存在。儿子叫他爸爸时，莫老太会用一种探究的眼神久久看他。他不喜欢那样的目光。他带着情绪回到山上的家里，母亲看透了一切，但她给他的永远是温和而安详的笑容。他会从山上给岳父带回父亲酿制的纯玉米酒，给儿子带回母亲做的虎头鞋——每回一趟家，他便重新获得把日子继续下去的勇气和力量。当他开始慢慢融入镇子里的生活后，老家的父母便适时离开了人世。他从山上的家里得到太多的东西，但作为村里唯一一个进入镇子里生活的男人，却没能给家里带来任何荣耀——当莫老太怀上第二个孩子时，老莫几乎认为他一直想要的日子就要来临了。他想象着带孩子回山上老家的情景，母亲夜里搂着他的孩子睡——但是孩子不幸早夭了，之后这场婚姻再也没能给老莫带来一男半女。在长期平淡如水的婚姻生活里，他慢慢继承了父母身上随遇而安的豁达品质，他不再有所期盼，也不再有所抱怨（有很长一段时间，他曾抱怨一切，抱怨自己当年的选择，抱怨对他的选择没有任何劝阻的父母，抱怨镇子上的人依然会在他毫无防备时给他屈辱的一瞥，抱怨妻子始终如一的冷淡）。他像一块海绵一样柔软，平静地吸收一切朝他涌来的生活的各种暗流。包括眼下，他即将面对的孤独的晚年，尽管他内心仍然无法真正接受它，因为这让他有一种彻底的挫败感。他望着莎莉，她平静地瞧着他，脸上的皱纹是舒展的，这使得她两道细弯的眉毛呈现出自然而好看的弧度，像预料到了人生所有的事情。她和妻子是多么截然不同的两个女人，他永远都无法足够了解自己的妻子，而莎莉则是一个你一眼便能望得到她内心的女人。可悲的是，他从未往"假如妻子是莎莉"这样的念头上想。

一只黄毛狗从院门外嗖地蹿进来，一跃而起，把两只前爪搭在桌子边上，像个孩子一样站立在桌旁，伸出长舌头呼哧呼哧地喘着气。莎莉笑了起来，目光朝院门望去。那个到镇上请老莫来打衣柜的小伙子肩扛一捆晒干的竹条进来，砰的一声摔到院子里的地上，他朝他母亲笑了笑。黄狗立刻放下两只前爪，朝他扑过去。

老莫转过身，望着他，除了两条粗黑的眉毛，他长得跟他的母亲非常相像，一看就知道是个好脾性的年轻人。

"莫叔来了！"小伙子一边朝他们走过来，一边拍打身上的衣服，"我去地里拔了夏天搭的长豆角架子，挺担心错过你选木料。莫叔也给我讲讲，以后打个饭桌凳子也知道怎么选了。"

"你要夺莫叔的饭碗呢。"老莫站起来，笑着说。无端端的，他的眼角竟然泛起了闪闪泪花。他做梦都希望有这么一个孩子，和善地在他的身边打下手，对他所感兴趣的事情抱有尊重的态度。

一整天，他们一直在院子里选木料，老莫给那个叫亮子的小伙子讲各类木料的品质，打衣柜和打饭桌的木料如何不一样，打衣柜最好选多大树龄的木料，一棵树中，哪一节才是最好的。这是老莫所擅长的，他很久没和什么人这样聊他最拿手的手艺了。岳父还活着的时候对他的手艺无动于衷，而妻子则不闻不问，偶尔岳母会叫他维修家门板上松散的活扣。他是孤独的。小伙子给他讲了很多关于他父亲的事情。尽管那个爱喝酒打老婆的男人死去多年了，但从小伙子嘴里讲出来的关于他父亲的事情依然鲜活，好像他的父亲此刻还活着，只是不在家里。他父亲喜欢给两个儿子买小时候他们爱吃的东西，装在衣兜里，然后示意儿子们伸手去掏出来。他父亲沉醉在这种对孩子的爱的把戏里，总是把已经长大的儿子当成还爱吃油炸小三角粽的小孩，哪怕大儿子也已经当了父亲。显然是老莫的亲切勾起小伙子对父亲的回忆。

小伙子讲道："有一次，我爬上一颗枇杷树，不知怎的，我在树上往下看时，突然感到非常害怕，拼命叫我大哥和我爸，我爸赶来了，站在树下鼓励我慢慢爬下来，还教我脚要踩在结实的树枝上。但我怎么都不敢动，抱着树干哭得脸都红了。然后我爸在树下张开双臂，叫我跳下来，他保证一定能接住我。天知道呢，在他眼里那棵枇杷树并不高，但在我眼里简直能让我吓破了胆。我还是闭眼睛往下跳了，结果爸爸没接住我，我像个烂熟的芒果那样砸到地上，他是故意的，还站在旁边哈哈大笑，骂我是胆小如鼠的蠢犊子。叔，真的，为这事情我一直记恨我爸，在孩子心里，有些事情是会一直伴随他成长的，多少的好处都弥补不过来，你们当父亲的，难道没想过吗？"小伙子放下手里的木板，瞪着他。

他那双瞪圆的眼睛和脸上的无辜表情让老莫暗暗吃了一惊。"是的。"老莫喃喃地说，"确实没想过，我们当父亲的，有时候确实很粗心……"

他们没再交流，老莫好像沉浸在某种突如其来的压抑情绪里，小伙子望向他的目光充满困惑。

白昼的暖意渐渐消退时，山风凉下来了，阳光从墙脚开始往墙壁上蔓延，天便暗了下来。老莫告诉小伙子，木板得晒两天，蒸发掉水分才能动刀斧。他让小伙子把选剩下的木板收拾好，可以留着打一套带十个凳子的饭桌椅。他谢绝了莎莉丰盛的晚饭，自从岳父母离世后，他就不再在主人家吃晚饭了，回家和莫老太一起吃晚餐。

莎莉给他一壶酒，说是木薯酿制的，叫他尝一下新口味。他把那壶酒装进工具袋里，在越来越暗的天色里，莎莉和他走出村庄，她说顺便要到地里去给兔子弄点新鲜的萝卜。他明白她只是想陪他走一段。

"他是个好父亲。"老莫轻声说。远处黛青色的山体和渐渐暗下来的天光融为一体，一些像青烟一样的薄薄的雾气在山间若隐若现地飘移缭绕。

"什么？"莎莉望向他，她的手里拎一把小锄头，头上包着淡蓝色的头巾，一些卷曲的头发从她的耳边露出来，随风拂动。

"我可没他这么疼孩子。"老莫说，脸上凝滞着一种类似于痛苦的神情。遥遥山头上最后一缕夕阳终于掉到山那边去了。

"莫哥，你已经做得很好了，我从未听见镇子上的人说过半句你亏待了那孩子，虽然那不是你的孩子。"莎莉说。他偏过头来看了她一眼，她的目光是坦诚的。这么多年，她是唯一一个对他这样说的人，他略微感到些许的安慰，但这仅仅只有一刹那，那种痛苦的神色又回到了他脸上。

"他本该也好好对你的。"老莫说。她的左边眉尾有一道细长的淡白色的伤痕，那是婚姻给她留下的印记，

"以前我恨他，但现在我不恨了，那也是我该得的。"莎莉轻声说，像是担心她的话被山风吹走似的，"他能感觉得到他妻子心里有没有他，这就是他打我的原因。"她把头巾往下拉，头巾稳稳地围在她的脖子上。她脸上的神情是安详的。

他们不再说话，在通往山上的岔路口，他们分手了。老莫答应她三天以后再来，假如天气还像今天这般晴朗，木板晾晒三天就足够了。

慢慢走到山梁上,天一下子就黑下来了,天空像笼罩着一层黑色纱帘。山风刮过来,老莫终于迎着山风呜呜哭起来。

他一辈子都忘不了那件事情,他觉得那件昧了良心的事情是夺走他孩子的罪魁祸首。

老莫和莫老太结婚时,莫老太已经怀有四个月身孕,这是全镇子的人都知道的事情。孩子的父亲跑掉了,而莫老太死活不愿拿掉那个未婚先孕的孩子。老莫从山上下来入赘,他觉得他会有至少两个孩子,亲生的。当然,他也会疼爱那个让他得以成为镇上人的孩子,这一点他从未怀疑过。就像莎莉所说的,这个镇子上没有任何人在他对孩子态度上有半句闲话。孩子七岁时的夏天,莫老太怀上第二个孩子。那时候家里还没承包山上那座矮山坡种芒果树,老莫整天早出晚归下村揽木工活儿。他马上就要有自己的孩子了,他想为孩子的到来多积攒点儿钱。那个夏天的傍晚,孩子们在镇子后面的河里游泳。对于这条河,镇上人非常放心,因为它还从未夺走过任何一条性命,镇上的人哪一个不是在这河里泡着长大的。那天傍晚,老莫从村里回来,来到河边磨刨子和斧头。孩子们在离码头稍远的河里游泳,一阵一阵的喧闹声荡漾在河面上。直到孩子们一窝蜂朝码头惊恐万分游回来时,老莫才发现出了事情。一个孩子举着两只细胳膊在水面上扑腾,脸蛋使劲朝天空仰望,脑袋几乎没到水下了。毫无疑问,有孩子出意外了。老莫扔下刨子,只来得及甩掉鞋就扑进河里。岸上的孩子们大声呼叫,在河边菜地淋菜的人们纷纷朝河边跑来。老莫来到孩子扑腾的地方时,孩子的脑袋已经在水下了,两只手拼命划动着。他在距孩子一胳膊远的地方沉了下去,想从孩子的背后拽住他。他捉住那只不断扑腾的胳膊，孩子转过身来，就在清澈的河水下，老莫看清了孩子的面孔，孩子正瞪着大眼睛狂乱地瞧着他，气泡不断从孩子张开的嘴里冒出来，孩子伸过来另一只手，企图抓住老莫的手。

然而那一刻，他看清孩子的那一刻，是不是被魔鬼附身了？老莫在水里愣了一下，他甚至来不及想什么，一下子就松开了捉住孩子胳膊的那只手，拼命扑腾的孩子一下子沉了下去，瞪着老莫的双眼露出恐惧，更多的气泡从孩子的嘴里冒出来。老莫在水里闭上眼睛，安静地悬浮在水里，孩子往下沉时扑腾出来的水波摇晃着他。只是一刹那，他便又猛地睁开双眼，孩子已经离开他有一段相当远的距离，孩子扑腾的两只胳膊看起来也渐渐无力了。老莫在水里打了一个激灵，他的脸扭曲起来，两只手捶打自己的脑袋，然后猛地往下沉，朝孩子游过去。孩子被抱上岸时软绵绵的，有人很快把孩子倒提起来，拍打孩子的后背，孩子艰难地吐出喝下去的水，一点一点地喘过气来。

不久之后，莫老太怀了三个月的孩子流掉了。老莫认为这是老天在惩罚他，愧疚和自责成为他内心深处无法示人的秘密。他尽其所能地去爱那孩子，企图弥补水下那瞬间罪恶的过失。

他慢慢迎着山风走，流在脸上的泪水凉冰冰的，工具袋沉甸甸地压在他右边的肩膀上，冷冽的山风吹过他粗糙的手背，上面细密的裂痕隐隐生疼。他想起莫老太早上给他准备的灰线手套，他干吗要在出门前把手套放下呢？她是个话不多的女人，不知道她原本就这样还是这场并不符合她心意的婚姻改变了她。苍天在上，尽管她一贯对他冷淡，但总有那么一些时候，她也会很柔和，当她沉浸在某一件事情里时，她似乎忘掉了不顺遂的一切，慢慢的她的脸上会绽放出柔和的笑容，尽管他知道那柔和的笑容不是为他而来的，但那一刻他几乎觉得一生所忍受的孤苦都是值得的。没错，那是孤苦，不会有人轻易了解一个入赘男人内心的孤苦的。整个家族没有一个人和你血脉相通，最亲近的妻子和你并不同一条心。早先他还对未来的孩子有所期待，有了孩子，毕竟有了一个和他骨肉相连的亲人，但后来还没成为现实的期待也失掉了，他终于也慢慢变得心如止水。他以为将会这样和莫老太平平静静地走完一生，然而从眼前来看，似乎连最后这点愿望也不能实现了。

回到家里，天已经完全黑下来了，厨房里比别处更冷。莫老太重新把饭菜热了一遍，酒壶也放在热水里温着了。老莫没吃饭，甚至连汤碗都没碰，今晚的汤是野芹菜叶鸡蛋汤。他只喝酒，热乎乎的，第一次品出了热酒的滋味。以前为什么总是拒绝妻子喝温酒的建议呢？他伤感地想。

"实在太冷，喝下去会伤着胃。"莫老太说，举着筷子瞧他。老莫不禁多瞧她一眼，以往她从没这么关心过他，似乎是临别之前想给予他多一点儿关怀。

老莫点点头。他刚才进了房间，发现她还没收拾东西，但给孙子缝制的背篓已经做好了，好几种颜色的丝线交织出鲜艳的图案。老莫望着那背篓，有那么一刻是失魂落魄的。

"早上碰到耿大哥在找接骨木，他的手臂折了，吊了膀子，你给过去看看吧。"老莫说。

莫老太在饭桌那头望着他，她一直觉得老莫是个有点缺心眼的人，这个镇子上，他似乎跟谁都不亲近，就独独亲近那老混蛋，像是故意和她作对。但她知道实际上他不是这样的人，也不知道那老混蛋身上哪一点吸引了他，犹如，当初他也吸引她那样。

"我看见了。"莫老太说，"他想治会找上门来的。"

关于老流浪汉，在他们夫妻之间从来不曾成为问题，他像镇子上每一个人一样平淡地出现在他们的生活里。

老莫端着酒杯朝她笑笑，不再说什么。她嘟囔了一声。他一向对她温顺，唯独当他有这副表情时，即是当他向她提某个建议，而遭到她反对时，他不是进一步辩解，而是笑笑，那么她就知道这一次她非得按他说的做不可了。这是他性情上她所忌惮的一点，当然，毫无疑问，他大部分时候是顺从她的。

晚饭过后，她收拾了碗筷，站在那个超大的洗碗池边洗碗。从厨房的窗户望出去，外边黑黢黢的，厨房明亮的白炽灯照出一小片菜地，她看出来那是肉芥菜，宽大肥厚的叶子在灯光里显出淡淡的绿色。老莫喜欢用这种菜叶下面条吃。几十年来，他的早饭几乎都是面条，他对一件事情的执着程度有时候令她惊叹。他正在天井里磨刨子，一种类似踩碎枯叶的声音低低传来。她把厨房里的事情收拾完后，到菜园里摸黑砍了一些接骨木叶子，返回到天井，就着水龙头冲洗那些接骨木叶子。

"可能不太严重。"老莫说。他想起老流浪汉从山上下来时的敏捷劲儿。

"要摸才懂，也许用不上。"她边说，边甩掉接骨木叶子上的水珠，走进堂屋。老莫望着她穿过堂屋，朝大门走去。她穿着厚厚的暗蓝色的棉袄,看起来显得有些笨重,已然没有三十多年前初见她时的轻盈和矫健。他愣愣地瞧她拉开大门出去了,当那扇暗红色的铁门重新闭合上,一阵巨大的孤独感瞬间击中了他。

时不时还是可以见到他的,这是无法避免的,她没有权利要求他消失,她也没想过要这么做。莫老太寻思着,走在街上,手里那把湿漉漉的接骨木叶子冷冰冰的。并没有街灯,昏暗的光线完全是出自街道两侧人家的门窗。人人都在家里吃晚饭。她熟悉这条街道,哪里有绊脚的坑洼她全懂。他的家门口有一块刚修补上去的水泥块,那里原来有一个挺大的坑,下雨总是蓄满一坑水,车轮碾过去,溅起老高的水花。他家是一栋二层高,抹着石灰的小楼。他年轻时似乎在外头混得不错,有一段时间镇上人说他做玉石买卖,赚了点儿钱,所以把家里的木板房推倒重建成了水泥砖房。他的父母为此骄傲了好一阵子,而之前他们一直为有这么一个不靠谱的儿子苦恼万分。

门虚掩着,从门缝里漏出淡淡的光线,莫老太推门进屋,厅堂里很安静,祠堂上香火冰凉,那上面放着老流浪汉已经过世的双亲的黑白照。她熟悉他们,那是一对本分的夫妇。没有沙发,靠墙放着几把能折叠的靠背椅。这是二十世纪八十年代非常流行的椅子,如今已经不大用了,而那几年几乎天天都有人上门找老莫去打那样的椅子,那时候她的父亲还活着,不知道是真不喜欢这种椅子,还是不喜欢女婿,她家里从来没有过这种时髦一时的椅子。她瞧着那些陈旧的椅子,不确定它们是否出自老莫的手。

一阵拖沓的脚步声从里面传了出来,莫老太没来由地紧张起来,当脚步声快要从一墙之隔的里间出来时,她又忽然觉得一切都已然无波无澜了。她目不转睛地盯着从厅堂通往里间的那道门。他出现在那儿,吊着左边膀子,右手扶在胳膊肘下。像是刚吃了晚饭,嘴里还咀嚼着什么。他见了她,在里间的门边站住了,有点儿吃惊地盯住她。

她朝他扬手里的接骨木叶子。

"我觉得没伤到骨头。"他说。他从里间走出来,轻轻拍吊着的膀子,声音有些像做了亏心事似的喑哑。

"我得瞧瞧,也许我也帮不上忙。"她说。他拖了一把靠在墙壁上的折叠椅出来,展开好请她坐下。她也拖了把椅子给他。她闻到他身上淡淡的烟草味,有些惊讶,年轻时他可不抽烟,还爱留盖过耳朵的长头发。两个人在椅子上坐下来,显得有些尴尬,这个并不算干净、空荡荡的客厅并不适合待客,没有一丝人的气息。

"莫老弟真是好心眼,早上我们见面了,我以为他只是在安慰我,这个镇子上也就他能多瞧我两眼,天晓得我怎么得罪他们了。"老流浪汉目不转睛地盯住莫老太,她示意他把受伤的手臂解下来。

"我只喷了些治疗筋骨痛的药水。"他边说,边小心地从吊带里抽出胳膊。

"假如是骨折,那药水就没有任何作用了,我得摸一摸手臂才能弄清楚。"莫老太心平气和地说。一路上她一直担忧自己会说出点什么带有情绪的话出来,然而当她看见他脸上叠加的皱纹时,她内心那些蠢蠢欲动的情绪便烟消云散了。而有些话,她明明积攒了三十多年。三十多年来,这是他们第一次单独相处。

他的小手臂有点儿肿,但并不厉害。

"你把手臂放下来,对,自然垂放。"她说。她从他的胳膊肘慢慢向手掌方向轻轻揉捏,肿胀的地方发烫,在接近手腕那里,她来来回回揉捏,那里有一块比别处更明显的肿块,她不断揉捏,仔细感觉手指之下的骨肉。

"是骨折,但问题不大。"她说,把他那只受伤的胳膊托在自己的手上,"我记得你妈还活着的时候喜欢穿青色的衣服。"他闻言扭头朝祠堂上看那两张黑白照片,莫老太的手动了一下,他感到一阵尖锐的剧痛从手臂蔓延到全身,扭回头惊骇地看着莫老太。

"好了,复位了。"她说。瞧着他疼痛而扭曲的脸,这让她想起他年轻时脸上那副对什么都不屑的表情。她曾多么迷恋那副表情。这个镇子的人们过于淳朴,看不惯他流里流气的模样,而当时他已经开始断断续续外出,她总是说服自己去理解并接受他,她以为那只不过是年轻人的一时胡闹,她相信她有能力让他那颗不安定的心停留下来,最终和镇子上的人一样生儿育女居家过日子。

"小心一点儿,把手臂重新吊上,不要摇晃它。现在我去把这叶子捣碎烤热后给你敷上。"她盯着他叮嘱,然后弯腰从地上拿起那把接骨木叶子。

"厨房里有火,不过是柴火。我没有煤气灶,你知道我不怎么在家的,我没有添置那东西。"老流浪汉把手臂放进挂在脖子上的吊带里,领着莫老太穿过里间那扇门。厨房里的灯火还亮着,古老的灶孔里微火隐隐。老流浪汉坐在灶孔前,往灶眼里添加了干燥的木片,很快便燃了起来。莫老太捣碎接骨木叶子,搁到火上烤着,直到其微微冒出热气。

老流浪汉皱巴巴的脸忽然抽搐起来，他吸溜着鼻子，她望了他一眼，他便很快平静下来了。

"我听说你要去县里享福了？"当她把烤得热乎乎的叶子敷到他红肿的小手臂上时，他直直地问道。她瞧他一眼，帮他把纱布重新包好。

"这个药一天换一次，我的菜园子里有，你可以过去取，在那儿我帮你换药，老莫也可以弄，他很清楚该怎么做。"莫老太说。她把纱布仔细地打了个活结，然后站起来。

"我们就不能好好说上两句话吗？"老流浪汉凄然地仰望她。她犹豫了一下，重新坐下来。

"这样就很好。"他感激地说。然后沉默着，似乎在斟酌该怎么说。"我知道你有怨恨。"他艰难地说，"可是，你知道，阿玉，我身体里藏着一个魔鬼，这个魔鬼让我总是想东游西荡，那是我过日子的方式，你不要怪我。你不应该跟我过那样的日子。"

"那个魔鬼其实就是你自己。"莫老太平静地瞧着他。不可否认，她当然恨他，就在刚才来的路上，她也还怀有一腔怨恨，但当他孤苦伶仃地吊着受伤的膀子出现在她面前时，她忽然觉得自己该完全放下过去了。当年他一走了之也许是对的。当她身上已经怀有小生命而他依然决然离开时，她就知道不断离去就是他的宿命。她无法理解，但她知道会那样。

老流浪汉垂着头，往火灶里扔了块木头。"我知道。"他说，"但我管不住自己，我无法在一个地方待得太久，当初我就告诉过你……但不管怎么说，那都是我的错。你也惩罚了我一辈子，在街上碰面你从不肯和我说一句话。不管怎么样，我都是……"

"住嘴!"莫老太严厉地制止了他,并站起来。"你永远都不要抱有这种心思,你若抱有这种心思,就当我从没来过。"她警告似的说。

他再度沉默,皱巴巴的脸在越来越亮的火光里抽搐起来,他的肩膀也跟随着颤抖,在火光中闪亮的泪水顺着他脸上的皱纹滑落下来。

"泪水并不能改变什么,也不能给你带来什么,你应该明白这一点。"她说,口气缓和了一些。

"我知道。"他用那只好手抹了一把泪水,"我只是觉得抱歉。很多次我发誓不要再回这个镇子了,但我还是又回来了。尽管做不了什么,但看到你们母子安然无恙,我才稍稍安心。"

她静静站着,居高临下地瞧着他。他才五十八岁——假如她没记错的话,但他的头发已经花白了大半,他看起来显得比他的年龄更老,她暗中叹了口气。"记得过去换药。"她说,然后走了出去。

街上更冷了。这个靠近河边的镇子,冬夜一般都会变得更冷,河里的湿气蹿到街上,使空气显得湿冷。莫老太没有沿着街道往家走,而是绕到了河边,顺着那片临河的菜地缓缓往家里的菜地走去。冷风微微从河面吹来,但她并没感到有多冷。她想起老莫早上拒绝她的灰色棉线手套,胸口隐隐疼起来。她当然明白这桩婚姻的实质。这像一场交易,老莫接受了他们母子,他如愿以偿成为镇上人。尽管她不觉得成为镇上人有什么了不起,但人和人不一样,对于老莫而言那显然很重要。起初这桩婚姻是这样的,充满了苦涩:至少她品尝到的是这样的滋味。但随着他们一天天变老,一起挨过了生活的各种艰辛之后,他们相互为对方妥协了,体恤之情在各自的内心滋长。莫老太无法否认,她不曾向丈夫完全敞开过她的心扉,但心扉又到底是什么?那很重要吗？她曾为那个喜欢四处游荡的灵魂敞开过她的心扉，又得到了什么？而她和老莫不一样，他们把彼此的朝夕给了对方，在很多个像这样寒冷的冬夜里相互陪伴，这些日子没有那么浓烈的爱意，但并不缺乏暖意，相比于此，那点隔阂又算得了什么？

她当然明白儿子对老莫的冷淡，她曾为此焦虑过。她从来不刻意对儿子隐瞒他的身世，但她还是希望儿子能平和地面对现实，并对继父的养育怀抱感恩之情。但现在看来，显然她的希望并不如意。而儿子对她的爱，到底又有多少？这是儿子离开家以后她曾花好长时间考虑的问题：他从来不曾像别的孩子那样回忆小时候的事情，每次回来只是在家里转了一圈，并拒绝她作为一个母亲对孩子出自本能的种种关爱。儿子在结婚时，拒绝了她给予他妻子的礼物：她给儿媳妇打了一个实心金手镯，在婚礼当天，她把金手镯包在一张柔软的红丝绸里给儿媳妇。婚礼过后，儿子又坚决地把金手镯还给了她。她明白他心里有怨恨，似乎也鄙夷她年轻时候的轻薄，给了他这样一个身世。儿子这次需要她，也只是需要她能帮上他一把，仅仅如此。

天气越发的冷了，莫老太终于忍不住，在徐徐吹来的冷风里呜咽起来。她是爱儿子的，假如当初她听从母亲的建议拿掉他，今天她所面临的种种辛酸处境也许可以避免，那将会是另外一种人生。但苍天在上，她从未为生下他而悔恨过。她的内心对他充满了爱和怜悯，因此她放弃了另外一个孩子。当另外一个生命来到她的生命里时，她充满了煎熬和迷茫。她担心她对他的爱会因为另外一个孩子的到来而减弱，也担心这个因为交易而缔结的婚姻因为另一个孩子的到来而失去了平衡。那个尚未成形的孩子，在她的体内存在了三个月后，被她用一碗草药水流掉了。她的梦中因此常常有婴儿稚嫩的哭声困扰，她再也无法平静地正视自己的丈夫。

她边在暗夜里行走边呜咽，拿头巾的一角捂住嘴，拼命吞咽下那些涌上喉咙的哭泣声。那就这样吧，她想。她为儿子做了所能做的一切，给孙子的背篼也缝制好了，她会在背篼里再一次捎上给儿媳妇的金手镯——那也是她该做的，然后让班车托运到县里。接下来，不管现实再给予她什么结果，也许最终会被儿子遗弃，那也是她该得的，她会像当年接受他那样，接受一切。

（原载《青年文学》2021年4期）

白

一

她说她已经五十六岁,已退休一年。她身上有种和她的年龄极不相称的特别气息,拉丽一时无法形容那是什么。直到杨老太(拉丽在心里这么称呼她)说她没结过婚,孑然一身,拉丽才知道那股气息该是清爽劲,一个单身而理性的姑娘身上特有的清爽劲。很显然她已经不能被称为姑娘了,但并不妨碍她依然保有姑娘的特性。她身材纤细,四肢匀称,头型小巧,五官也是小巧的,笑起来眼角有些细碎的皱纹交错。她看什么都是安详的。拉丽有种感觉,假如杨老太朝那些满腔怒火的人瞧上一眼,估计怒火就噗地熄掉了。拉丽不知道是不是她那特殊的工作造就了她这种特性,还是与生俱来。简而言之,她对杨老太是相当放心的,也颇有好感。

杨老太端坐在一张竹制的靠背椅里，背后垫一个淡紫色抱枕，身板挺得很直。她发现这个老妇人偏好淡紫色，软底淡紫色居家布鞋、淡紫色棉麻沙发套、淡紫色窗帘，当然，这些物品上的花纹不尽相同。她的房子很小，是一套五十来平方米的老房子，两间鸽子笼般小的房间，拢着房门，一个没有茶几的整洁小客厅。拉丽面对客厅的阳台而坐，一眼便可看见阳台挤满花草——可真不少，但并不杂乱，几个隔层铁架子架住那些花盆。初春午后软嫩的阳光照拂在深绿色的花草上，没有什么花开。拉丽不认得什么花草，她的生活缺乏种花养草这种需要情调和闲心的事情。

总之是一个相当不错的小家。

"情况就是这样，也许我说得不够详细！"拉丽有些沮丧地说。她庆幸自己没穿那件鲜红色的外套来，那外套着实和这个家里的摆设、氛围都不搭调。她穿一件蓝色外套，袖子上套两只起装饰作用的短短的淡蓝色防护袖套，防止袖口被弄脏。

杨老太点点头，若隐若现的笑容挂在脸上，她说："以后慢慢了解，你有什么要问我吗？"

拉丽摇摇头说："我知道您是特教老师，退休了，而且，您不收钱！"她不想隐瞒经济上的窘迫，实际上她挣得不算少，但真的存不下什么钱。

杨老太瞧了上善一眼，她一直纹丝不动地坐在沙发上，离她们稍远，弯着细小的脖子，像一个认真的聆听者。拉丽知道她其实什么都听不进去，也有可能听进去了，这一点她从来都不能确定。她不会对你的话有任何反应，薄嫩的嘴唇仿佛不屑般紧紧抿着。她有自己的世界，一个拉丽完全陌生的世界。她时刻沉浸在自己的世界里，没人能走得进去。多半时候，拉丽甚至都不知道她在想什么，这一点常常让拉丽在黎明醒来时惆怅万分。

"你要不要看我的身份证和工作证？"杨老太把目光从上善身上挪开，和善地瞧拉丽。

"不用了。"拉丽慌忙说，"我信任你！"

"这就好！不过你还是看一看吧，这样对大家都好。"杨老太说，"特校，你知道吧？就在三马岭，你应该知道的，那地方风景很美。我在那里工作了一辈子，退休金也在那里领。"

拉丽点点头，她知道大致的方向，但她没去过。她瞟了一眼小矮凳上的身份证和工作证，没动那些证件。

"明天你带上善过来吧，我今天要把房间整理好。你不必担心，随时欢迎你过来看孩子！"杨老太说。

"好的！只是，真的不需要付钱吗？"拉丽小心翼翼地问，她还是有点儿不相信。在拉丽的有限的生活经验里，没有什么是容易得到的，不容易多半都和钱有关。

"假如这让你不安，你看着给吧。不过，我本意并不愿收你的钱。"杨老太思忖着说。拉丽有一刻觉得自己的脑袋一片空白，想不明白人和人的活法为何天差地别。她真希望自己能和杨老太调个位置，一个人，口袋里除了吃喝的钱，略微有点儿剩余，在拉丽看来这就算是体面的生活了。她觉得累，这样说好像也不太准确，那是一种和累有关的沉甸甸的情绪，时刻笼罩在她的身心上。

"那可真是太感谢你了！不过，你若是觉得太辛苦，我可以适当支付费用，但不会很多，比如上善在这吃饭的钱。你知道，我们，生活不太宽裕，我只是一个家政服务工！"拉丽说。

"你放心吧，我并不缺这点儿钱！"杨老太依然微笑，但她说话的语速变得快了。她们交谈将近两个小时，杨老太一直挺直腰板坐着，也许有点儿累了。

拉丽开始帮上善戴上手套，把她的头发盘起来塞进帽子里，往脖子上缠绕暗红色羊毛围巾——在上善的穿戴上，她一直是不吝啬的。杨老太一声不吭地瞧她像包个见不得人的东西一样把上善包起来。

母女俩和杨老太告别，拉丽没叫上善和杨老太说再见，她知道上善宁愿挨巴掌也不会出声。杨老太抓了几颗淡绿色的薄荷糖想放进上善的口袋里，她忽然惊恐向后退，但她并不像别的孩子那样本能靠向自己的妈妈，她退到一边，和拉丽保持先前同样的距离。那几颗薄荷糖落到了地上。拉丽很尴尬，迅速捡起糖，朝杨老太抱歉地笑笑。

屋外阳光很好，路上并没有什么行人，这个地方相对偏一些。在很久以前，这儿可算是城中心，后来城市渐渐往前扩建，这儿逐渐边缘化了。城市的外围是一片稻田，秋收后农民们喜欢种油菜。周末天气好时，很多年轻妈妈带着年幼的孩子，穿梭在黄灿灿的油菜花中拍亲子照。拉丽瞧了一眼像条小尾巴般紧紧跟随自己的上善，阳光照在她白得透明的小脸蛋上，每次眨眼睛都非常用力，仿佛耳边突然遭遇一声巨响袭击。拉丽知道这种阳光会使她受不了，她会流泪，也会被晒成皮炎。她叹了口气，在包里摸索出一把防晒伞，嘭地打开。那是把儿童雨伞，比一般的雨伞小将近一半。她塞到上善手里，又摸出一副孩子墨镜，架到她的鼻梁上。

"我知道你其实都明白我说的话，但我不知道你为什么一声不吭，你不聋也不哑。你长着耳朵和舌头干什么用呢？你长这么大，能有吃的穿的，有房子住，你知道这些是哪里来的吗？你知道的，这些都是我给你的。我像个保姆般伺候你，可是倒在地上的拖把你连扶都不帮我扶。我做好了饭，你会拿起筷子吃，吃完了你垂头坐着，像个菩萨一样！不，你这德性哪能和菩萨比？菩萨普度众生，而你是给我带来磨难的，不，你本身就是磨难，大磨难！难道我说错了吗？你尽管装聋作哑好了。我觉得你是知道好歹的，不然你为什么跟着我？你知道只有跟着我才能活命！说真的，你到底是个什么怪物？长这么大，没叫过我一声妈！你觉得我是个有义务养你的陌生人？嗯？我想分一半你的苹果，你死死攒着，你像个仇人般瞪着我，好像我会咬你一口！"

拉丽一边走一边独白。上善撑着防晒伞，戴着墨镜，紧紧跟随。她总能和拉丽保持半步的距离，不会跟不上拉丽。只要拉丽步伐稍微大些，她那双小脚就颠得更快，但也不会和她的妈妈平行走。

"你会笑，你会对小猫小狗笑，但你从不对我笑，你其实就是个自私的小孩！"拉丽最后像下了决断般说道。她突然悲从中来，步子像挂了铅，一屁股坐在路边的花圃上，嘴角抽动起来。她哭得无声无息的，泪水快速滑落，她把哭声全闷在心里了。她常常这么哭。上善撑着雨伞站在她脚边，小小的脸被墨镜遮去了一半，看不到表情。

拉丽哭了一阵子，然后深深叹口气，双手夹在两个膝盖中间，脸上还淌着泪水，肿胀的双眼木然地盯住地上的一群蚂蚁。

"好了，刚才我和杨老师说的事情，你都听到了。你也别怨恨，我知道你一定怨恨我！没人愿意把你生成这模样，其实更苦的是我。杨老师是个特别好的人，有本事让你过得更好！我并不是扔掉你，你只是去和杨老师住一段时间。"拉丽轻声说。她看见上善穿着驼色布鞋的右脚轻微挪动了一下，把一只蚂蚁踩到脚底下，使劲碾压。

拉丽站起来，她们又重新往家的方向走去。这个地方离家稍微远，步行至少得四十分钟。

就在她们快要越过一个公交车站时，拉丽忽然怒火涌起。不，她肯定不是存心的，在前一分钟她也没想这么做，但这个念头像魔鬼一样倏然蹦出来。她在公交车站猛地停住脚步，上善想不到妈妈会突然停下来，她迈出的脚想停下，结果两脚互相打架，给她一个结结实实的跟头，鼻梁上的墨镜和手里的遮阳伞都被甩出去了。她没哭，膝盖被厚厚的裤子裹着，手套保护她的手掌心，头没碰到地上。她只是摔了，并没摔疼。拉丽不动声色地瞧着她，上善一声不吭地爬起来，膝盖和身体的右侧沾满白色的灰尘，她也不拍掉，任由雨伞和墨镜躺在地上。拉丽强忍胸口涌动的怒火。公交车来了，她快速跳上去。"你最好别跟上来，永远也别跟着我！"拉丽想。上善被妈妈的行动惊吓了，她张着嘴巴，然后也上了公交车。雨伞和墨镜依然躺在地上。车上座位全被人坐满了，拉丽投了钱币后迅速向后门走去。车开动时，上善只来得及上车站稳，车子摇摇晃晃开动后，她就近抱住车杆。现在，母女俩拉开一段不短的距离。拉丽身边一位长头发女人侧出身子朝上善看去，而拉丽前面的人则回头瞧她，想弄明白上车的一大一小是怎么回事。拉丽扭头往窗外望，上善紧紧抓住车杆，瞪着拉丽的目光执拗而冷淡。

"哎，这么大怎么还尿裤子了？"上善旁边座位上的一个女人叫起来。

拉丽不用看也知道，她知道会这样，但她还是迅速望一眼上善。她看见孩子黄褐色的裤腿内侧变得深起来，深色阴影不断向下蔓延，越来越大。上善依然一动不动地站着,好像并不知道自己尿裤子。

"这孩子,是怎么了?"那女人扭头望向拉丽说。拉丽直直瞪着那女人说道:"我也很想知道她是怎么了。"女人只好扭回头,拉丽又往窗外看。还有差不多三十分钟才到家,她目前也毫无办法,她又累又沮丧。上善只要觉察到众人注视的目光,便会尿裤子。

而她天生就惹人注视,她是个患有白化病(酪氨酸酶缺乏,或功能减退引起的一种皮肤及附属器官黑色素缺乏或合成障碍所导致的遗传性白斑病)的孩子,这是上善出生时,医生面对这个通身(没错,通身!包括脑门上稀稀拉拉的毛发以及短小的眼睫毛)呈现乳白色的婴儿下的结论。拉丽觉得是医生在给自己的一生下结论,残酷的结论。另外,上善三岁后,就不爱开口说话了,她的唇舌只发挥最基本的作用——吃饭喝水。最常见的表情是面无表情,像雕塑般一副僵硬的面孔。她在十五个月时会叫妈妈,三岁后拉丽就没听到她叫过她妈妈。

路边有一对情侣在吵架,女孩一边吵一边往嘴里塞剥了半截的香蕉,气急了,她把半截香蕉连皮摔到男人头上。

拉丽扭回头,深深注视着那张惨白的小脸,想从上面找到一些,给她这么个孩子的那个人的蛛丝马迹。然而那种白过于强大,掩盖了所有痕迹。那六岁的小身躯里,大概是充满怨恨吧,不然何以会有一张毫无表情的脸和冷漠的眼神?

二

"你介意她的……肤色吗?也许我这样问不太合适。"杨老太说。她好像一夜没睡好,脸上有淡淡的倦态。

"医生说这不会影响她的寿命，她会像正常人一样生活，当然，生孩子可能遗传。"拉丽说。她朝房间里看了一眼，上善似乎很喜欢杨老太收拾出来的那间屋子，屋子的墙纸和被服全是淡蓝色的，床上有一只巨大的粉嫩狗熊。杨老太说是从特校拿回来的。每年特校都会清掉一些玩具，旧了一点儿，但已经洗干净消毒了。上善坐在床上，手耷拉在狗熊身上，长久盯住狗熊那对软塌塌的黄色耳朵。

"我是说。"杨老太说，"你对她的皮肤，有什么看法？"

"她和别的孩子不一样，谁会认为她和别的孩子一样呢！"在杨老太执拗的目光下，拉丽无可奈何地说。除了医生，她很抵触和别人讨论上善的肤色。没人能理解她的心境，看着粉白的孩子，两片嘴皮一翻，永远是那句：这孩子怎么白成这样，得了什么病？上善三岁后，拉丽就很少带她出门了。那些貌似同情的语气，多半只是好奇和鄙视——你缺了多大的德，生出这么个怪物。

"而且她还像个哑巴，不说话，冷漠，这在社会上没法活下去，我不可能养她一辈子！她必须学会独立，会挣钱，可她连别人的目光都受不了。她像个机器人，不，她连机器人都不如的……有些禁忌，比如不能晒阳光，会患上皮炎，眼睛视力也会受损。请放心，这病不会传染！"拉丽语无伦次，极力抑制内心激动的情绪，她担心自己会突然流泪，她为这孩子已经流太多的泪了。

"我知道。"杨老太说，"我们特校以前也有过这么一个孩子——我是指白化病孩子，不过他挺开朗的，常常帮助别的孩子叠被子。在特校，所有孩子都不正常，也都正常，我是指，我们以平常心态看待他们。后来那孩子去美国了，据说他的姑妈在那边，美国白人多。"

拉丽朝房间里望了一眼,上善没那么幸运,她只有一个做家政服务的妈妈,很可能她自己也不喜欢这样的妈妈。

"你有没有想过,上善这性格,也许跟你教育她的方式有关?"杨老太说。

"不知道,我没那么多时间陪她!"拉丽说。

"我们也许可以试试把她当正常的孩子。"杨老太说。

分别没有任何伤感,像托付一个可靠的熟人帮带两天孩子。拉丽在女儿身边沉默地站了一会儿,然后走了。上善也一样,她一直坐在房间里。这不是她们第一次分别,上善两岁半时,拉丽曾送她去托儿所,两个星期后,老师建议她把孩子领回家了。据说其他家长反对自己的孩子身边有这么一个"怪物"。领回家后,拉丽清空一个小房间,真正的空,只有地板和墙壁。每天出工时,拉丽把上善锁在这个四壁空空的小房间里,给她两个毛茸茸的没有任何能伤害到她的可能性的布娃娃,拉丽甚至把布娃娃那两颗硬眼珠子都抠出来了。不到三个小时,做完工回家时,多半是上善倒在地板上睡觉,毛茸茸的小白脑袋搁在毛茸茸的布娃娃上——或者在哭,哭的时候通常是尿湿了裤子,她会难受得细声细气地边哭边打嗝,两只小拳头捏得紧紧的。后来渐渐习惯了,很少哭了。四岁后,拉丽就不再锁门了,上善对任何东西似乎都毫无兴趣,屋里任何东西都不让她动心,她喜欢坐在阳台上透过栏杆往下望。能有什么可看的?他们的阳台面对一片长满难看灌木的小山坡,春天也没几朵花开,尽是些带刺的矮植被,偶尔会有只什么鸟儿从灌木丛里扑啦啦飞向天空。四岁后她懂得自己上卫生间,再也没在屋里尿过裤子。她哭的时候很少,说话的时候更少。医生说她可能患有相当程度的自闭症，以及自闭症导致的情感冷漠，医生建议她多带孩子出门和人接触……拉丽带出去了，却发现上善在人多的地方会尿裤子。

没有人喜欢不幸，而不幸，似乎已经成为拉丽生活里的常态了。整天面对一个冷冰冰的奶白色孩子，没人知道那是种什么滋味。

拉丽走在回家的路上，早春明亮的阳光把一切都照得明晃晃的，她觉得刺眼，对于一切白的东西，她心里本能地抗拒。她觉得她的生活真像一个白色的谎言，而这谎言是她自己撒下的。

拉丽不知道那算不算爱情，那"爱情"给她带来了一个常常让她从黎明忧愁醒来的白色孩子。她常常记起他身上的力士香皂味。他洗澡只喜欢用力士香皂，甚至用力士香皂来洗衣服，极少让拉丽帮他洗衣服。在九个月的快乐时光里（她从不否认那快乐），拉丽给他买了无数块力士香皂。她有时候会羡慕那些香皂，可以变成气味二十四小时依附在他的身体发肤里。那气味会使她莫名其妙地用双臂抱紧自己，打一个寒战般的激灵，她便会无比地渴望他。二十四岁的拉丽在超市里当了三年的导购员后，经过三个月的培训，进入如家家政公司当一名家政工。她一向把这个活儿做得兴致勃勃的，这个活儿不需要动脑子，手脚干净和仔细认真就是这行的过硬技术和口碑，收入也算不错。如家家政公司人不多，由一对常州夫妇经营，有九个员工，分成三个小组。收入四六分成。拉丽一向和朗山夫妇配合。干了一年后，朗山夫妇说服拉丽离开家政公司，他们三个人单独起灶。他们在给家政公司服务时，认识不少客户，出来单干后，报价比家政公司稍低，很快就拉到不少主顾了，三个人每月稳稳能拿到四五千块钱收入。尤其临近节假日，大家都想在干净整洁的家过一个愉快的节日，那时候他们天天从早忙到晚，七八千块钱的收入也是有的。经常有些人在家宴请客人后，打电话给他们，过去收拾一顿晚餐后留下油腻腻的狼藉杯盘。相对做整套清洁工作来说，这是零散活儿，服务费有五十到一百元。朗山夫妇一般会把这些零散额外活儿给拉丽。他们三个人曾差一点儿散伙，朗山的母亲是个六合彩迷，把家败了个精光，天天有人堵家门索债，朗山的老婆绿妮一气之下离家出走，两年多后又回来，三个人得以继续合伙干老本行。拉丽的事情就出在那两年多的空档期里了。

拉丽不是一个喜欢动脑筋的人。假如可以，她能把家政这活儿干一辈子，把肮脏房子擦抹干净的过程，她觉得很享受。她十八岁高中毕业后就没再读书。学过一阵子美甲和文身，后来不喜欢闻指甲油刺鼻的化学味儿，把技术荒废了。不过，她倒是学会了一点儿绘画的皮毛，对一幅画能讲点儿什么。人生的所有际遇，都不是偶然的。假如拉丽不做家政，就不会去那个小区做保洁，假如她对绘画一窍不通，就不会在擦地时忘了神，立在老方的油画前若有所思。

"你能看懂？"老方身上一片色彩斑斓，从卫生间探出半个身子。他正在清洗一只颜料碟，一根湿淋淋的扁嘴笔搁在右耳上。她发现老方的右耳长着一颗小肉瘤，若隐若现地遮掩在细软的披肩发之下。

"懂一点儿！"她臊得满脸通红。

老方从卫生间出来，拉丽闻到他身上有一种暖烘烘的香味，后来她在他的卫生间里发现那块奶白色的力士香皂——是老方身上香味的来源。老方认真看她一眼，用眼神示意她手里的抹布。

"会这个，干吗来干这个？"他问。很难看出他确切的年龄，三十岁肯定有，到底三十几？拉丽有些模糊。在判断人的年龄上，朗山的老婆绿妮是权威，误差不会超过三个月。他有张近似瓜子的脸，上面有长期睡眠不足和不规律饮食导致的倦态，但，还是很好看的。

"不干这个，干什么？"拉丽又蹲在地板上擦地。她在参加培训时，培训导师告诫："拖把好用吗？好用，站着拖拖就好，省力。如果我们为了省力，家政这碗饭就别想吃了。蹲下来，用抹布一寸一寸擦，干不干净在其次，主人看到的是你诚实的劳动态度，这样的姿态好看，能不干净吗？"

"干什么都比干这个好。"老方说。他湿漉漉的手往后脑勺拢了一下头发，这个动作差点让拉丽笑起来。

"我觉得这个比哪个都好！"拉丽说。他们打暗语般对话。

"这个有什么好？"老方不屑地说。

"水桶、毛巾、一包洗衣粉、木地板专用清洁剂、厨房油烟去污灵、洁厕灵、力气，是我们挣钱的全部成本。还有比这成本更低的活儿吗？"拉丽认真解释。

"我觉得你这个年纪不应该干这个！"老方也是认真的。

"干这个并不分年龄，我并不嫌弃。"拉丽说。她已经开始擦到老方的脚跟前了，老方后退几步，他退她进。

"我猜你妈妈也是干这个的。"老方叼着杆褐色的烟斗，但他并不点烟。他早就戒烟了，只是爱叼烟斗。

"不！"拉丽抬头瞥了老方一眼，"我妈嫁人去了，过她吃香喝辣的好日子去了。我只能给你这样的富人擦地换口饭吃。"拉丽半真半假地说，朝老方认真地眨眨眼。

老方顿时语塞。这个脸上有两块淡淡高原红的姑娘，手指关节粗大，可能是常年擦地深蹲的原因，臀部很结实，翘而饱满，这是她身上最动人的部分。

"那个，你妈嫁人多久了？"老方又退后几步，她把他逼进了沙发角。

"我高中毕业她就嫁了，嫁到外地去了，天要下雨娘要嫁人，说的就是我。"拉丽说完，忍不住笑起来，她脸上的高原红更红了。

"你……"老方拍了一下他的灰色沙发，他被逼得无路可退，抬脚跨过沙发，细软的头发随带起的空气飘拂了一下，拉丽又闻到那缕力士香皂的味道，她打了一个激灵，一股暖洋洋的感觉迅速蔓延她全身。

"你真是个特别的姑娘！"老方大喘了口气。

"哈，是吗？"拉丽直起身，她觉得老方挺特别的。"姑娘"？他怎么还会用这词儿，如今对女人的称呼不是老少通用"美女"吗？

"我要是有钱，就娶你这样的姑娘！"

"呃，你不会的，一个画画的怎么会娶一个给人擦地的保洁员，你开玩笑吧？"她白了他一眼。

这不是玩笑，拉丽给老方做第二次保洁后，老方就收拾他边角有些破损的皮箱，以及一大捆画布离开朋友借给的房间，住进远嫁的妈妈留给拉丽的一小套旧房里，他成为她的第一个男人，那时她二十六岁。

她瞧着她上方的老方，发现他短小的睫毛浅黄得近乎白色。

"你的睫毛和别人的不一样！"她说。

"不仅睫毛，我全身都和别人不一样！"老方气喘吁吁地掐了她的高原红，她闻到他的汗水也有力士香皂的气味。拉丽想抓住这个长发飘飘的，一心梦想当画家不屑于出门挣钱的男人。他身上让她神魂颠倒的力士香皂味道，他永远主动认错的好脾气，他脸上淡淡的倦态，像一个巨大的漩涡，把拉丽深深吸进去了。半年后，拉丽把一根验孕棒拿到他跟前，她说她二十六岁了，是个老姑娘了，他可以继续画画，不用出门，她可以养活他们仨，而且不会很吃力。老姑娘拉丽幻想着三口之家的温馨画面，她太渴望这样的家庭氛围了。拉丽对自己的父亲没有任何印象，父亲是死是活，全凭妈妈高兴。她妈妈高兴了，拉丽的父亲就活着，在很遥远的地方挣钱。她妈妈不高兴了，就对拉丽说："听着，别在我面前提这个蠢货（有时是畜生），他早就死掉了，你连他的骨头渣子都不会见到，你最好别见！"拉丽模模糊糊记得，她的父亲似乎是个瘸子，而妈妈非常漂亮，但她心里充满了不为人知的怨恨，怨恨情绪和漂亮的五官组成一副刻薄相，妈妈总是叫她"磨人的小妖怪"，这可不是爱称，她的妈妈似乎不会开玩笑……

　　拉丽觉得她所欠缺的，她的孩子应该替她过回来，好脾气的老方应该是个好父亲。然而老方对她可怕地咆哮起来，要她立刻做掉这个孩子。他愤怒地撕掉他所有的作品，称拉丽是个阴谋家，他是不会和她结婚的。然后又抽自己的脸，自己不该像个吸血鬼一样吃她住她还骂她，求拉丽原谅，但孩子一定不能生。拉丽说，孩子在自己的肚子里，她会自己做主。老方骂她蠢，一怒之下连破损的皮箱都不要了，消失在拉丽的生活里。拉丽觉得孩子在，老方一定会回来的。直到她生下奶白色的上善，想起老方淡得近乎白色的睫毛，拉丽才知道老方再也不会回来了。

　　时光慢慢地磨，一天一天地磨，磨她的心，如今，上善快满六岁了，她也三十三岁了。六年，那是怎样的岁月啊！她看见眼角细微的皱纹慢慢变深了，她那双经年累月操劳的手指关节像男人一样粗大。相比于上天给她的这个奶白色的孩子,这些都不算什么。拉丽从未嫌弃过她的工作,也没觉得谁小瞧过她。她心疼过上善一阵子,觉得是她把上善带到这世上,给上善这副异于常人的模样,将来孩子因为这副模样吃苦受罪,也得算到她身上,她欠上善的。孩子给她带来过一阵短暂的快乐时光,上善会翻身坐起,会满地乱爬,会口齿不清地叫妈妈,清亮的口水流到绣花肚兜上,摇摇晃晃地给她拿拖鞋,拉丽会跟随她的每一点儿变化而高兴。自从上善渐渐变得不苟言笑,打骂无动于衷后,拉丽就开始讨厌这个奶白色的小孩了,她觉得上善是上天派来惩罚她的,惩罚她的轻率和幼稚。但她始终无法怨恨老方,就像她始终迷恋力士香皂的味道……

她何尝不愿意把上善当正常的孩子来看待?但上善不愿意。她尝试过不止一次,上善对她的努力和善意都无动于衷。

她走了将近一个小时才到家,脱掉外套时,闻到外套干爽而温暖的阳光味道。自从有了上善后,她已经忘记春天的味道了。上善常常坐在小阳台上望向那片长满灌木的矮山坡,她坐的小马扎依然摆在那里。拉丽坐了上去,只能透过被雨水沤得霉迹斑驳的水泥栏杆往外望。那片小山坡敞在午后的阳光下,驳杂,绿得发黑,有几条并不明显的踏痕。远远的边上开着淡粉色的野蔷薇。一只鸟儿也没有。上善到底在望什么?她坐在这里想什么?拉丽做完保洁回来,总看见上善坐在这里,空空的两只手。五岁后,上善就很少玩玩具了,她的小床上有一只会转眼珠子的猴子,有时她枕着那只猴子入睡,淡灰色的枕头被她扔到脚边。她听见身后的开门声,便会垂下头,显然她正在出神凝望着什么,然后被身后的开门声打断了,这是少数她会对拉丽的行为做出的反应之一。到了入睡前,她会在卫生间里等拉丽来给她洗澡,除此，拉丽在她的眼里似乎不存在。拉丽每次回到家里，会觉得更累，那种沉甸甸的、压抑的累。

拉丽在阳台坐了一会儿，一种空旷的宁静慢慢侵入她的身心。她给大力打电话。

"不去！"大力说。

"不，我要你过来。"拉丽毋庸置疑地说。

"哎，我怕那只小白鼠！"只要拉丽的口气稍微强硬，大力便会叹气哀求。

"她不在！"拉丽说。她很反感大力称上善为小白鼠，但她不愿和他计较。

"不在？去哪儿了？"大力犹疑起来。

"这你别管，我要你过来！"拉丽有些凶巴巴地说。

"好吧，不过你可别对我撒——谎！"大力似乎躺在床上，挺身而起时把"谎"字说得很带劲。他是个长途客运司机，过着昼夜颠倒的生活，工资却并不高。他比她小四岁，他和老方有一个共同特点：不管对错，只要拉丽生气，就主动道歉和好。拉丽有时候分不清到底是真喜欢这个小男人，还是喜欢大力和老方酷似的脾性，也许都有。他给了她一张出勤表，她知道他今天休班。他很少来拉丽这里，一次，还是两次？两次！拉丽思忖着。每次她都把上善关在她的房间里，把孩子的衣物和几个玩具也收起来。大力知道她有孩子，仅仅如此，并不知道孩子在哪里，也许他会认为她离婚了，孩子跟着爸爸。她每个月会主动给他钱，一两千块，她觉得亏欠了他，也不知具体亏欠什么，也许是他比她年轻，他们在一起一年多了。

拉丽开始洗澡。老方走后，她也开始用力士香皂了，不知道她要怀念什么，也许只是一种习惯，人走了，习惯还在，这是幸还是不幸？她黯然神伤起来。

大力从留给他的房门探进上半身，小心翼翼地往屋子里瞧，拉丽包着浴巾正好从卫生间出来，她把他从门外拉进来，一只脚把门踢上，整个人立刻贴到他的怀里，她闻到他身上暖烘烘的汗味。春天的味道，到处是春天的味道。大力期期艾艾的，不敢抱她，他的目光在两个房间搜寻着。

"她不在了！"拉丽说。

"你真送去了？"大力才敢抱住她。

"这不是你希望的？"她嗔怪道。

"哪儿呢？我觉得她是真有病，你这个小脑袋为什么总不愿意承认呢？这样其实对她更好。"大力说着，把拉丽身上的淡蓝色浴巾扯下来。外边春光灿烂，屋里还是挺冷的，他立刻摸到她身上争先恐后冒出的鸡皮疙瘩，于是把她抱到房间里。拉丽闭着眼睛，脸埋在大力的胸口。"这样多好。"她想，只有她和他多好！

"好了，醒醒，别睡着了！"大力要把她放到床上，她两只胳膊却依然吊在他的脖子上。

"我不用洗澡？"大力疑惑地说。每次她都会要求他洗澡，她去他那里甚至会带力士香皂去，要求他也用力士香皂洗澡。对于拉丽的要求，大力笑话她像吃奶的婴儿，即便断了奶，也要叼个奶嘴。他从不问她为什么养成这习惯，假如他问，拉丽也许会把自己和老方的事情告诉他。

"你从哪儿回来,小姑娘?"大力闭着眼睛问。

"你怎么知道我刚回来?"她抚摸他胳膊上鼓出来的结实的腱子肉。

"你的头发上有阳光的气味。"大力说。

"到你告诉我的地方去了。"拉丽说。

"人怎么样,你觉得可靠吗?"大力把手指插进她的头发里。

"挺好的,是个好人,比我好!"拉丽轻声叹了口气。

半个月前,大力有些耳背的母亲在做饭时跟已经出嫁了还带孩子回娘家蹭饭吃的女儿嚷嚷,她晨练时遇见一个退休的特教老师,人家可不得了,练瑜伽的,五十几岁的人能徒手倒立,就是一只手倒立,一只手!她挥着胳膊比画:"这位老师想找个不正常的孩子,她研究出一套针对自闭症孩子的治疗法,可惜她退休了,她那套治疗法无用武之地。人家不收钱的,真是菩萨心肠。她的瑜伽练得绝了,劈叉就跟我们拿筷子似的,毫不费劲!"

大力和他母亲要了那位"菩萨"的地址给拉丽。拉丽想了想,决定带上善去试试,杨老太和善的面相让拉丽决定把上善托付给她。从这一点来看,拉丽觉得大力还是挺关心她的,至少对她有好处的事情,他有心替她留意。

"为什么不能只有我们俩?这样真好哇!"拉丽说着,像只猫拱进大力怀里。这像偷来的时光,她很久没有属于自己的时光了。

"好,把小白鼠送给那'菩萨'得了。"大力抚了一下她的"猫脑袋"。

"她不是小白鼠,你这个杀千刀的!"拉丽掐了他紧实的大腿肉一把,这枚小鲜肉连哼都不哼,已经在手机上开始打游戏。

三

拉丽上工的时间并不固定,有时从早忙到晚,要做好几套房子。周末相对少些,大家都想待在家里睡个懒觉,不喜欢被打扰。户主们一般利用上班时间约他们来做保洁,下班回来就是一个干净整洁的家了。这是建立在户主和保洁员相互信任的基础上,一般都是熟客。户主家里有现金、首饰、贵重书画和装饰品,一不小心就会出事情,这是干这一行的大忌,必须相互信任。上工一般都是朗山夫妇电话通知她,拉丽带上保洁工具直奔各式各样的别墅区和普通小区。朗山夫妇的家简陋逼仄,他们不是本地人,为摆脱败家成性的婆婆从泉州来到这里,在城市的郊区租住进城农户的房子,婆婆投靠而来,白吃白住继续败家。绿妮离家出走后,朗山把老娘扫地出门。那两年多时光,朗山做过垃圾运输工、快递员,下班就酗酒,差一点儿成废人……三个人的两年,各有辛酸。别墅区里的户主们车库都比他们的房子大,见多了,人麻木了,也没什么攀比之心了。对她和朗山夫妇而言,房子越大收入越多,两百平方米的房子肯定要比一百二的收入高。他们一般现场收款,干完活儿收钱,三个人平分,各自回家,从来没让大家的钱在谁的手里过夜。有些户主一时身上没有现金,朗山夫妇也会先垫付给拉丽。他们是外地人,不喜欢生事,能当场结清的事情就当场完结。这是拉丽喜欢和朗山夫妇合作的原因之一。大家都是靠体力吃饭,没必要装清高,不去介意一寸一寸擦洗地板换来的汗水钱。

朗山常常开玩笑说:"我们家像鸽子笼,但没关系,我们整天都住别墅,夏天干活还有空调开开,那些妖精似的兰花,上万块钱一盆,看得最多的也是我们，这些户主未必有我们享受。"朗山的幽默常常换来绿妮的耻笑。绿妮离家出走两年多后回来，拉丽发现原来还算恩爱的朗山夫妇变得彼此生疏起来，眨眼就能当着拉丽的面吵架。彼此生疏似乎也不对，拉丽一直觉得绿妮哪儿不对劲，吵架总是绿妮先挑起来，嫌弃朗山的穷幽默、朗山身上的烟味、朗山擦洗过的玻璃窗有水渍，各种嫌弃，朗山在拉丽面前抹不开面子，一句一句顶回去，架就吵起来了。

"真有本事！男人的力气不是拿来挣钱养家，是拿来和老婆顶嘴吵架的，我就知道那死婆子养不出什么好货！"绿妮这句话，最终把架推向烈火烹油的处境。朗山往往抹布一扔，袖套一甩就走人。绿妮就开始哭了，边流泪边把活儿干完。绿妮倒没气糊涂，这样的活儿就当成两个人的工分了钱。

"我也不想这样，就是忍不住，煎熬的！"绿妮说。

她受什么煎熬？绿妮离家出走归来，朗山十年怕井绳，家里钱财尽数由绿妮把着，远远地和母亲保持距离。拉丽开玩笑："搞不好下次绿妮携款出走，你喝凉水的钱都没了。"显然朗山并不这么想，他觉得女人多半在意钱，这没什么不好，只要不是贪得无厌就好。人如蝼蚁每天忙忙碌碌，还不是为了多挣点钱。女人天生缺乏安全感，感情这东西又看不见摸不着，天天嘴上说爱，可是爱的表现在具体行动上，不是随风飘散的漂亮话。要怎么表现？血汗钱给你把着，尽你花着，朗山觉得最大的爱莫过于此。绿妮回来后，朗山就把酒戒了，说戒就戒，这一点让拉丽很佩服。他烟抽得并不凶，喜欢在干活时叼一支，抽完了叼着烟屁股，纯粹就像婴儿喝饱了奶，习惯叼个奶嘴。但这支烟总是能燃起绿妮的火气……拉丽觉得有时候确实是绿妮小题大做了。

离家出走那两年多，被人问起时，绿妮总是毫不犹豫地说："能干什么，到发廊去当按摩女去了，哪儿都捏，客人觉得哪儿不舒服就捏哪儿。"口气很硬。人家反而没把她往坏处想，无非就是在外面混得不好，在饭店当刷碗小工什么的，受尽了委屈。

有时候她又很好，给朗山买热气腾腾的"老公包蛋"。那是种东北食物，是一个壮实得似乎能活到两百岁的东北大妈做的，她在城里某个路口支起三轮车摊子。东北大妈说她是随远嫁女儿来的，她说她长得比女婿还高大，哪里好意思在家里吃白食。她是这样做鸡蛋圆饼的：在小平底锅上打两个鸡蛋，撒上葱花，把鸡蛋摊成一张面饼，熟后放一根火腿肠、两片生菜叶子、炒熟的土豆丝和绿豆芽，最后把鸡蛋饼卷起来就成了。

"给，老公包蛋！"东北大妈给鸡蛋卷起名"老公包蛋"。绿妮的好心情，不知是由"老公包蛋"引起的，还是因为给朗山带来了"老公包蛋"。

刚刚又吵了一架，朗山摔门回去了，"老公包蛋"还热气腾腾地包在纸袋里来不及吃，油渍浸透了大半个纸袋子。他们这次到御苑山庄做保洁，一套两层别墅，有三个大阳台、三个客厅、五间大房间、四个卫生间，外加顶楼，差不多三百平方米。

"姑奶奶，我们得把腰累断了才搞得定这房子！"拉丽愁眉苦脸地说。

绿妮扯了条卷纸捂住鼻子，竟然抽抽搭搭地哭起来。他们才把一楼搞得差不多，前后两个阳台和厨房还没搞好——厨房一向都是朗山搞的，抽油烟机和橱柜必须蹬上架子才能擦洗得到，那里油烟污渍重。朗山一走，厨房就得拉丽上了。绿妮是个瘦筋筋，头发有点儿发黄的小个子女人。那两年多的离家出走，似乎她真的吃了不少苦，整个人缩了一圈，动不动就恍惚走神。

刚才朗山说了句狠话："总这么挑剔，还不如别回来！"绿妮一直忍着，直到朗山摔门而去，她才开始呜咽。她连哭都不想让朗山看见了。

绿妮比拉丽还小一岁半，她个子小，如今还瘦，像个未发育完全的小女孩。拉丽有时候特别羡慕她，虽然朗山是个干保洁的，男人整天擦窗抹地着实有点儿不着调，可他是个可以让女人依靠的男人，这就够了，还想要什么？她不知道绿妮是怎么想的，她觉得绿妮和上善一样，都不是她所能理解的。

"你到底怎么了？过日子可不能这么折腾，不烦死也会累死！除非你不想过了。"拉丽说。她很担心，绿妮再这么折腾，他们三个人迟早又得散伙。

"你生过孩子吧？"绿妮不回答，却爆出个这么令拉丽吃惊的话题。朗山和绿妮都不知道拉丽有孩子。绿妮出走那两年多，拉丽和朗山没见过面，朗山喝醉时会绝望地给她打电话，说些"不如我们凑合过算了""我保证让你生儿子"的酒话。拉丽觉得好笑，好像绿妮是因为"不能生儿子"而离家出走似的。那时候拉丽正在哺乳期，没时间和他磨牙，潦草挂掉电话。后来朗山对她说，她真是个好女人，晓得"朋友夫不可用"。拉丽差一点儿告诉他，假如天杀的老方没出现，等绿妮回来时基本没她什么事情了。

"你怎么……会这么想？"拉丽吃了一惊，她低下头，害怕绿妮看见她虚软的目光，她差点没说"你是怎么知道的"。

"那么大一团肉带在身上九个月，怎么会没有一点儿痕迹呢！"绿妮若有所思地说，她瞧着灰蒙蒙的客厅落地窗，左边那扇窗有只大头苍蝇，总是往透明玻璃窗上撞，咣的一声又撞去，撞晕了头，掉到玻璃窗下了。

"你看看你的胯，明显的，以前你可不是这样。"绿妮说。拉丽走到门后，那儿有一面椭圆的镜子。她背朝镜子，从肩膀上扭头往镜子瞧。

"你看不出，我看得出！"绿妮说。

"瞎说，我生孩子你能不懂？"拉丽有些气恼。

"我不知道？我生了你能知道吗？"绿妮走过去，捡起那只苍蝇，一下子扯掉它的两边翅膀，扔在地板上，看着断了翅膀的苍蝇扑腾着。她没把苍蝇扔到外面，她只是想扯掉它的翅膀看它拼命扑腾。拉丽心悸了一下，想起上善狠心碾死的蚂蚁，突然有种奇怪想法，她们是不是被某种焦灼情绪折磨着，导致非要通过残忍折磨毫无反抗的小动物来缓释？

"你还是多想想怎么和朗山把日子过好吧！别净想这些没用的。"拉丽说。她拿起油污净瓶子，打算开始清洁厨房。

"还能怎么好，我扔不下自己的孩子！"绿妮说着又哭了起来。拉丽吃惊地望着她，她的泪水迅疾地从长着淡淡黄褐斑的脸上落下来。

"你有孩子了？在你出走那两年？"拉丽觉得生活太过于戏剧性。

"女人生孩子，天经地义！"绿妮说着便把痛苦扑腾的苍蝇一脚踩死。

"可是，和谁？"拉丽盯住她，她觉得今天的活儿肯定要干很久。

"以前认识的，在朗山之前，那两年我们一直在一起，在我们那边！"绿妮说。她似乎因为说破了心里的纠结，变得平静下来，要彻底和拉丽把事情说清楚的样子。

"那两年多你是回老家去了？"拉丽说。她看着绿妮开始忙起来，她要做客厅和阳台的卫生了。

"我能去哪儿？但不是我老家那里，离我们老家远着呢。"绿妮说。她开始搬动那些花盆，她连手套都没戴，那些花草有些是长刺的。拉丽放下油污净，打算和绿妮一起清洁阳台，她套上黄色胶手套。

"那时很烦，你知道的。我婆婆把家折腾光了，一分不剩，我们整天吵架，我是说我和朗山，那时我们回家吵，我们怕你笑话。为了朗山的妈妈，我们没少吵架，总之很烦。"绿妮说。她开始清扫花盆下枯黄的落叶，把它们堆积起来。以前她会把落下的新鲜花瓣拣出来，带回去晒成花干，装在棉布袋里挂在房间里，说那是天然的香水味。她其实是个挺有生活情趣的女人。

"孩子是男还是女？"拉丽问她。绿妮收拾好花盆下的杂物后，拉丽就开始拿湿毛巾擦拭干净地板。

"男孩！"绿妮直起腰，眯着眼睛说，"很健康的男孩，怀他的时候我几乎天天吃泡面，你知道的，我喜欢吃泡面，放上点咸菜，那孩子被泡面和咸菜养得白白胖胖的，我差一点儿生不出来。"她的脸上有种灵魂出窍的恍惚表情。

拉丽沉默了。她怀上善时，老方其实已经离开了，他是外地人，至今她仍不知道他老家具体在哪儿。她一直坚信老方会看在孩子的面上重新回到她身边，她希望能生下个漂亮孩子，男女都行。怀孕时她吃很多平时舍不得吃的东西，天天吃苹果和酸奶，据说这两种东西会让孩子的皮肤白里透红，还煲猪蹄花生汤，她希望坐月子时有足够的奶水。后来孩子是白了，但没有透红，白得瘆人。泡面是个什么东西，绿妮一个瘦巴巴的女人，吃那东西怎么能生出健康的孩子？拉丽有点儿心酸，绿妮总是比她运气好，不知道让她生孩子的是个什么样子的男人。

"他嘛。"绿妮说，"很喜欢孩子的，他也像个孩子。"

"可你回来了，你为什么还回来？"拉丽有些酸不溜秋的。

"我以为，你知道的，能放得下那边，我和朗山，毕竟十来年了。"绿妮说，"但回来后不久我就知道了，孩子是另一个你，你能和自己分开吗？"

拉丽沉默着，她想回答"也许能"，但她什么也没说。她问自己，能离开上善吗？有个她不愿面对的铿锵声音在她内心回荡，她觉得她不配做个母亲。

"离开了就抓心挠肺的，你想一想，我这些年过的，孩子快六岁了。"

是的，拉丽想，上善再过四个月也就六岁了。

"那你打算怎么办？"拉丽问她。

绿妮沉默了，她们没再交谈。绿妮似乎因为难以启齿的心事得到倾诉，干活变得轻松起来，她们忙了整整五个小时，才做完这套别墅的保洁工作。

"你为什么要告诉我？"她们干完活儿，拉丽问她，"朗山知道吗？"

"我不知道。"绿妮说，她好像卸下包袱般轻松。拉丽看了她一眼，有时候拉丽也很堵心，也想向谁说点什么，不是吗？

四

抓心挠肺？拉丽怎么会抓心挠肺？上善到杨老太那里去整整两个星期了，拉丽过的每一天都像是偷来般珍惜。大力像个男主人，倒班时都在拉丽家里。至少到目前为止，她没想过去看上善。杨老太在上善去一个星期后给她打过一次电话，她打算给上善小剂量服用一种药，想征得她的同意，拉丽犹豫了一下，答应了。她问杨老太需不需要给她送去医药费，杨老太谢绝了。"并不贵。"她说。迟疑了一下，她又说："若不忙，可以来看上善，不会有什么影响的，上善现在很好。"拉丽答应了，但她一直没去。

她仿佛又回到了和老方两个人生活的那段日子。上工，买菜做饭，吃饭，和大力在床上待着，做些事情，说些毫无意义却温情脉脉的废话。老方以前会提议去看电影，也带她去看过两次。她觉得电影院里的空气糟糕透了，皮椅散发出来的沉闷气息，看电影的人脱掉鞋子的脚味，吃东西散发的异味，每次都让她头晕脑涨。后来老方租了几张碟子，带她到朋友借给他住的地方放碟子看。那是个暮春夜晚，下了场很大的雨，拉丽记得看完电影，老方依进她的怀里，在越来越沉静的雨声中渐渐睡去。在拉丽还不算漫长的前半生中，有过几个让她感到无底深渊般深沉的孤独时刻。一个是她读小学四年级时，有一天放学回家，她被几个高年级女生莫名其妙地堵进一条偏僻巷子里。她们嘲笑她的裙子，羞辱她稍微显得肥厚的下嘴唇，朝她身上吐唾沫，让她品尝她们还发育不全的拳脚。拉丽紧紧靠在墙角，面对她们的拳脚时，她没感到多少惧怕，只是觉得这世上站在她这边的只有身后那堵墙，她孤单无助地面对她们对她施予的辱骂和拳脚，孤独战胜了惧怕。另一次是她高中毕业时，妈妈远嫁了。她记得那个初秋混沌的早上，有淡淡的薄雾，她帮妈妈把一顶系着黑色丝绸蝴蝶结的遮阳帽拿下楼，妈妈扛着一个巨大的旅行箱，那里面有她一年四季的衣物和廉价的化妆品。她扔掉好几双半新旧的粗跟皮鞋，她的旅行箱连一根头发都塞不下了。她哀哀地叹息，说她最喜欢那双浅红色的皮鞋了。妈妈从没告诉拉丽自己要嫁的人是谁，只说在北边。她一想到北边，脑海就出现一片宽广无垠的土黄色，光秃秃的，灰尘漫天，偶尔有枯死的树木站立在孤野。拉丽不知道妈妈为什么要嫁到北边去。拉丽告诉她，她安顿好了，给地址可以帮她邮寄这些鞋子过去。妈妈摇摇头，毫不犹豫地把那几双鞋子扔进垃圾桶里，像扔掉她过去的日子。拉丽明白了，妈妈是担心自己去找她。拉丽站在楼下望着妈妈渐渐陷入初秋的薄雾里，回头看看身后黑洞洞的楼梯口，有一种前行后退都是绝壁悬崖的孤独。那天早上，拉丽攒着妈妈留给她的五百块钱，在楼梯口坐到薄雾散去，当刺眼的阳光穿透薄雾而来时，她的泪水才渐渐渗出来。秋天已经来了，接下来她将一个人迎来寒冷的冬天……那天晚上，老方在她的怀里睡去时，雨声带来了那种蚀骨的孤独感。她望着沉睡中的男人，有一刻觉得这个男人既熟悉又陌生，她的生活变得虚幻而模糊不清起来。

…………

"我挺喜欢这孩子的。"杨老太在电话里告诉拉丽，"她很聪明，已经开始认字了，能记住些字了……她没你想的那么糟糕，你只是缺乏和她相处的技巧。"杨老太的声音清晰而纯净，听不到任何杂音。拉丽把手机紧紧贴近耳朵，希望能听到点儿别的声音，比如说话的声音、笑声、吃东西的声音、走动的声音、搬动东西的声音，但很安静，让人觉得只有杨老太一个人。

"我希望她没给你惹麻烦！"拉丽喃喃自语般地说，"你不知道，我为她操心死了，睡前发愁，醒来发愁，做梦都发愁。我妈妈在我十八岁时嫁人走了，但我过得好好的。我和我妈都各有各的活路。上善这个样子，我没有一点儿活路，我的路全是死路，她离开我怎么活……我希望她将来能独立。"

拉丽沉浸在诉说的难受劲里。"我不想去，我是不想去的，我吃了很多苦头，我想安安静静待几天，让那些愁人的事情消停消停……"拉丽呓语般地对着手机说，好久才发现她们的通话其实已经结束了。她害怕接到杨老太的电话，杨老太的电话打得很有规律，一般在周日早上九点过后。拉丽告诉过她，她的保洁工作没有休息日。杨老太还是固定在周日早上给她打电话，告诉她一些上善的事情。这样的电话拉丽接了五次，还是六次了，上善已经离开一个多月了。有一次，杨老太让上善和她说两句，她听到电话给别人接去的声音，却没人说话。杨老太在那头温和地说："和妈妈打个招呼，小天使！"然而这是一个沉默的"天使"，最后杨老太放弃了让她们通话的打算，告诉她，上善有时候和她对上几句话，事情正在朝好的方向发展。

正朝好的方向发展！拉丽闭上眼睛。

进入五月后，天气开始渐渐转热。这座城市冷不会很冷，热也不会很热，像一个好脾气的人。拉丽把上善夏天的衣物收拾出来，打算等杨老太来电话时，告诉杨老太她打算给上善送夏天的衣物过去，她已经有差不多三个月没见上善了。然而拉丽等了两个星期，依然没接到杨老太的电话。

有一天早上，大力出夜班车回来，带给她一个消息：他的妈妈说杨老师不知道从哪儿弄来一个外国孩子，天天带着在火车站对面的小广场上画画。外国的孩子真是好看，粉白粉白的，连睫毛都是白色的……大力哈哈大笑，拉丽觉得这个小男人有点儿不知好歹，她开始忧虑起来——她总是活在忧虑之中。

拉丽在午饭后去了火车站。

相对于整条南昆铁路来说，莫纳站只是一个过路小站，每天有五六趟火车来往，匆匆来，放下一些人，匆匆去，带走一些人，咆哮着奔跑，对谁都不留恋。这个站前的小广场，其实没发挥它"让旅客落脚歇息"的作用，而是沦为大妈们早晚跳广场舞的场所。广场两旁是一溜专等挣乘客钱的愁眉苦脸的小卖部和快餐店。附近的老头老太们来这儿遛鸟、遛孩子、下棋、聊天上地下的事儿、谈黄昏恋，人倒也不少。

拉丽不知道上善在这地方待上一阵子，得尿湿多少条裤子。

她很快就找到她们。她们在一个蘑菇亭下，面前摆着两个画架子，画看起来相当体面的火车站大门。上善穿一条浅蓝色短袖纱裙，白色的长蕾丝袜裹住她强壮的小腿，脚上穿着和裙子一个色的小网纱靴子。头上戴一顶淡黄色遮阳宽檐帽子，白色的头发被扎成小辫子，小巧地垂在她的脖颈上，发梢扎了个鲜亮的蓝色蝴蝶结。毫无疑问，这些都是杨老太自己掏钱给上善买的。她似乎长高了一些，看起来像个白人洋娃娃。杨老太坐在一张小马扎上，对上善的画进行详细指导。上善站得笔直，杨老太朝上善望时，上善与她对视，露出清浅的笑容。拉丽站在围观的人群里,她发现上善笑起来居然有一对深深的酒窝,挂在上善奶白色的脸上。拉丽吃了一惊。三岁之前,上善会笑,那时候拉丽并未见她有这么一对让人心疼的酒窝。酒窝是什么时候长出来的?拉丽还记得她爱吃放了白糖的豆腐脑,她颤颤巍巍抓着小勺子向拉丽的嘴巴伸过来——请妈妈吃一口。看到放了红糖的豆腐脑她就生气,磕磕巴巴说豆腐脑被弄脏了。如今她还爱吃吗?她还记得她们之间有过的短暂快乐时光吗?三岁之前,拉丽也给她买过几个漂亮的蝴蝶结,她们真心实意地爱过彼此,也许她早就忘了……

拉丽魂不守舍地站在人群里,上善不仅会笑了,似乎也不尿裤子了,杨老太轻轻抚她笔挺的后背,鼓励她画站前的芒果树,她拿笔的细小手腕灵巧扭动起来。她画画很奇怪,先画树的叶子、枝条,最后才把躯干画上去,她把芒果叶子涂成了红色,躯干是棕色的。杨老太捏了她的小胳膊,叫她仔细看看,围观的老人们笑起来。上善扔下水彩笔,捂住脸笑得两个小肩膀不断抖动。

才三个月,不,还差十天,她就对杨老太笑了。拉丽嘟囔着离开小广场。拉丽给杨老太打电话,告诉她明天过去看上善。第二天一早,拉丽起来时,大力伸出胳膊一把抓住她的脚踝。她知道他喜欢在早上折腾,他会把自己绷成一张弓,肌肉和骨骼蓄满力量,她喜欢摸他胳膊上隆起来的肌肉毽子……拉丽掰开他的手,她的脑海总是浮现出上善奶白色脸上的酒窝。在路上,拉丽拐进超市给上善买一个旺旺大礼包和一箱纯牛奶——上善喜欢喝牛奶。拉丽给杨老太买两包绿豆马蹄糕点和两瓶蜂蜜。她第一次去杨老太家时,注意到角柜上有一瓶已经吃了一半的洋槐蜂蜜。到那里时,杨老太和上善刚吃完早饭。拉丽看见上善攒着两双筷子站在桌边，显然在帮杨老太收拾饭桌。她细软的白发扎成丸子头，别一枚亮晶晶的发卡。以前拉丽总是给她剪锅盖头，方方正正覆盖在她的脑袋上。这孩子打扮起来，还真是挺好看的。上善看见拉丽，她的鼻翼骤然张开，瞪着拉丽的瞳孔瞬间扩大起来。她一下子捏紧筷子，仿佛在抓一根救命稻草。杨老太叫她和妈妈打招呼，她一直低头，拉丽朝她走过去，站在她面前时，上善的身体轻微打了个颤抖，接着，从她的裤裆上淅淅沥沥滴落下液体，她又尿裤子了。拉丽愕然地望着杨老太，杨老太神色严肃地看了拉丽一眼。

"上善，没事的，每个人都会犯点儿小错误，你觉得对吗？奶奶昨天打碎了一只碗，还把上善的遮阳伞忘在小广场了！"杨老太温言安慰她，"上善能自己处理好这件事的，对吗？"杨老太蹲下来，把筷子从上善手里掰开，"对吗？上善？现在我们应该去把裤子换掉，对吗？"

上善轻微点一下头，慢慢朝房间走去。她的拖鞋沾了尿液，在地板上踩出湿漉漉的鞋印子。她进了房间，轻轻合上房门。

"你坐！"杨老太温和地招呼拉丽。

"杨老师，这是……怎么回事？"拉丽几乎要哭了，她养育上善差不多六年，上善却把灿烂的笑容给一个只相处三个月的人，而对她尿了一地。

"你先坐，别急！"杨老太安慰道，她拿来拖把，拖干净地板，"要不你洗一洗我们的锅碗吧。"杨老太见她手足无措，给了她放手脚的活儿。拉丽很快进入窄小而干净的厨房，平时很可能是杨老太做饭，上善在一边递给她盛菜的碟子，杨老太教她哪种碗叫碟子，哪种碗称盆子，饭勺和汤瓢又是怎么回事，拉丽的心隐隐作痛地……揪起来。今早她们吃麦片粥和煎鸡蛋、凉拌黄瓜丝。拉丽通常会给上善买包子和一盒牛奶，冬天把牛奶放进热水里温一温。无论谁都不能说她不是个称职的妈妈，她做了她们的生活允许她做的事情。至于麦片粥和煎鸡蛋、精细的凉拌黄瓜丝，她觉得一辈子都没法做这样的早餐，不是钱的问题，而是她们对生活的态度和要求不一样。

"我实在不知道怎么回事。"干完活儿，两个人坐在客厅里，拉丽黯然神伤地说，她瞥了一眼上善合上的房门，"我辛辛苦苦生养她，她却连句话都不肯和我说。"

"她没跟我说任何关于你们生活里的事情。"杨老太说。

"我不是这个意思，我并不担心她说什么，我们的生活也没什么不可说的。"拉丽说。

"孩子是会说的，假如她感到快乐。"杨老太说。她给拉丽倒了杯水，里面有一些晒干的陈皮丝，被开水冲出一缕淡淡清香。"她的生活真讲究。"拉丽暗想，盯住那些在水杯里舒展的陈皮丝。

"你喝得惯吗？初夏喝一点儿陈皮好，上善会放两粒冰糖，她喜欢喝。"杨老太说。

"没关系，我不讲究的。你是说……上善和我在一起不快乐？"拉丽有些迷茫。

"你快乐吗？你和孩子在一起的时候。"杨老太反问她。

"小时候，三岁之前，还好的，她不爱说话以后，就……"拉丽说。

"你的感觉就是她的感觉，情感是相互的，就像力气一样，你觉得一个人在对你使力气，其实你也在朝对方使力气。"杨老太说。

"可是她还那么小。"拉丽说。

杨老太往上善的房门瞧一眼，说："孩子其实比我们大人敏感。我们总是觉得生养了她，她就该按我们的意志去做每一件事，其实不是这样的。是父母带孩子来这个世界，而不是她自己要来的，对吗？假如孩子能选择，她一定也会选择那些她所喜欢的父母，而不是你这样的，或者我这样的，总之是她喜欢的人。你说是吗？"

拉丽有些愕然，她从没从这个角度考虑过。她辛辛苦苦生育上善，她需要上善有所回应，比如爱她、对她笑、和她说话、懂得体谅并感恩她的付出，她觉得这些是应该的，这难道不是普天下父母所想？而且上善比别的孩子更让当妈的操心。

"也许你觉得我说得不对，你仔细想一想……父母都觉得养育孩子辛苦，其实多半的父母都是自私的，养育孩子是当父母的需要，因为你想为人父母，想家庭周全，生与不生决定权在父母，而不是在孩子，甚至有些孩子一生都是父母的私人财产，很少能为自己而活，孩子其实比父母更苦。"杨老太说。她盯着拉丽的目光依然和蔼，但说话的口气似乎变得硬朗了，或者硬了。

拉丽沉默着。确实，老方当初极力反对她生上善，是她一意孤行，想用孩子来留住她想要的周全。当初，是的，当初，孩子只是她的筹码，她的初衷带有很强的目的性，似乎并没有爱……

"假如你把孩子也理解为你的私人财产，我也可以理解，毕竟生养孩子不容易……这些天我一直带她往户外去，我们去看油菜花，去人多的地方，超市、火车站、汽车站、广场，坐公交车，她已经不怕别人盯着她了，她甚至在汽车上会给老人让座，她进步很快。"杨老太看起来很欣慰。

"可是她。"拉丽舔了舔嘴唇，水杯在她的手上，她忘了喝水，"我应该是她最熟悉的人，她为什么还尿裤子？"

"也许你觉得你是她最熟悉的人，但她不这么认为，她的种种不正常的举止，也许是来自于你给的压力，或者说打击。"杨老太说。

"压力？打击？"拉丽惊讶起来，"我怎么会给自己的孩子压力和打击？她一天什么都不做，衣来伸手饭来张口的。"

"她从没要求过吃什么，穿什么，对吗？"杨老太问。

拉丽沉默了，确实，她没太多心思等着上善选择，她对她们的生活从来都是一刀切，她觉得她还是个孩子，自食其力才有权利对生活进行选择。

"自食其力才有权利对生活进行选择，对吗？"杨老太笑着说。

拉丽吃了一惊，她是怎么看透她的心思的？她笑了笑，有些不好意思。

"上善，你爱穿哪条裤子就穿哪条，奶奶觉得你穿哪条都好看的！还有，你忘记把湿裤子放进卫生间了！"杨老太朝上善屋子喊。

上善的房门一点点移开，她换了条淡绿色的裤子，从渐渐打开的房门低头走出来，手里拿着那条被尿湿的裤子。

"这，裤子真好看！"拉丽差一点儿叫起来，绿色裤子配紫色上衣，活脱脱的烂牛肉色，也只有孩子才会这么穿。

上善把裤子拿进卫生间，出来时，手里多了一把小小的淋壶。

"今早奶奶忘记浇花了，谢谢上善！"杨老太赞许她。她经过拉丽身边时，对杨老太羞怯的笑倏然隐去，怯生生看拉丽一眼，拉丽像被烫着一般。

"孩子其实没多大问题，也许我们需要改变自己……你叫她小白鼠？"杨老太盯住拉丽。

"小白鼠？没有，有谁会……这么叫自己的孩子。"拉丽说。她突然想起大力曾经戏称上善是只小白鼠，他对她说了些什么？"这头只会使蛮力的牲口。"拉丽在心里暗暗诅咒。

"孩子很敏感，也许我们是无意的。"杨老太说。拉丽点点头。阳台上的上善躬着细小的腰肢在淋水，她拨开叶子，把水淋到花根下。她在家从没这么细心做过一件事，拉丽觉得她除了张嘴吃饭，什么都不会。吃完饭她板正正坐在饭桌边，拉丽叫她走，有时忍不住叫她滚，她才像个机器人般僵硬地离开饭桌。她一直以为她什么都不会，至少不会主动。实际上她什么都会，她在拉丽面前隐藏起真实的自己。拉丽想起自己在她面前独白式的唠叨，实际上她都听进去了，并且像只浑身是刺儿的刺猬般记仇。

可是，哪个孩子不被自己的父母责骂和讨厌过？她的妈妈曾骂她好吃懒做，将来只能靠卖皮相混饭吃。

从杨老太家出来时已是正午，刺眼的阳光照在她略显倦态的脸上。上善的变化让她高兴，上善对她的态度让她感到彻骨伤心。肯定不会那么糟糕的，她安慰自己，杨老太只用三个月就改变了上善，而她生养了上善，上善应该不会那么狠心的，她得努力一把……大力，至于大力……电话这时候响起来，她觉得应该是朗山夫妇找她做保洁。昨天他们做了三套房子，做到最后一家时，两口子又拌嘴了，朗山一气之下朝绿妮的屁股踢了一脚，然后叫她滚蛋。绿妮一直默默流泪，直到把活儿干完。拉丽夹在他们夫妻俩中间，无奈而尴尬。她觉得绿妮肯定是晕了头，和朗山做夫妻那么多年，无一男半女，出去眨眼的工夫，儿子都生了。

拉丽掏出手机，果然是朗山的，她摁下接听键，朗山在那头撕心裂肺号啕，把她吓一跳。

"拉丽，拉丽，你知道……她为什么要走吧？我不知道她是想走，还是想回老家，我待她不薄啊，昨天我踢那脚根本就没使劲，我哪儿舍得呢！"朗山哭诉起来。拉丽还没见过一个男人哭得这么凄惨，声音像被抽打似的一颤一颤地抖着。

"她又走了？喂，你能先消停消停吗？怎么回事？我事先一点儿都不知道，她没跟我说什么，她是什么时候走的？也许只是去哪里逛了。"拉丽安慰他。

"早上，我不知道，我早上出去游泳，回来就不见她了。车祸，你知道吗？车祸，死了两个人……我昨天踢她根本没使劲儿。"朗山语无伦次起来，拉丽打了个激灵，车祸？死了？

"什么车祸，你说清楚，你哭什么？把话说清楚，坐班车？她要去哪里？福建？她……你现在在哪儿？好的，我过去。"拉丽挂了电话，使劲闭上眼睛，她感到一阵眩晕，捧住头站片刻后睁开眼睛拦了辆的士赶往医院。

绿妮已经盖上白布了，白色的床单有一片被血浸透的污痕，拉丽有一瞬间感到天旋地转，她希望眼前的一切只不过是她因疲劳而产生的幻觉。朗山坐在床边的椅子上，头几乎埋到膝盖里，交叉的十指神经质般轻微颤抖。

"朗山……"拉丽过去碰了碰他。

朗山抬起头，脸上有种麻木的平静，泪痕未干。他瞅了眼床上，又看拉丽一眼。他给她递了张被卷成一根小棍子的纸条，拉丽展开一看是张车票。

"一会儿汽车站的人要来。"朗山说。他的嗓子像被人捏住似的。"车刚出了城就出车祸了，他们在她的手机里找到我的号码，她连旅行箱都带走了。"朗山斜眼看床下，拉丽发现一个蓝色拉杆布箱，很干净，旁边地上放着绿妮常穿的透明塑料凉鞋。

"都是我的错。"朗山说。他揪住头发，干号了几声，只是干号。"女人受了委屈喜欢回娘家，她一定是想回娘家了，可她以前不这样的。她像变了一个人，我越来越不了解她了。"他终于哭出来。

拉丽没说什么，她实在不知道该说什么。绿妮对她说孩子的事时，她就知道她会再次离去，她想不到她会走得这么彻底。朗山是个高大的男人，从此再也没人依靠他了，也许绿妮从来没想过要依靠他。她只想让她的儿子有依靠，一个女人想让自己的孩子有依靠，这没什么错，假如这是错的，那什么又是对的？

拉丽过去轻轻掀开白床单，绿妮的头部好好的，一枚浅红色的发卡在她有些散乱的细软黑发上熠熠生辉。她的脸色很平静，嘴角正溢出一些小血泡。据说一根钢筋刺穿了她整个心脏，拉丽不敢将床单再往下拉，迅速盖好床单。

"司机也死了。"朗山说，"和一辆载满钢筋的加长货车迎头相撞，车头完全毁了，她坐在前排位置上。她那么迫切想回去，她为什么一定要坐在那里呢？"朗山揪着头发，好像头发里藏着答案。

拉丽一直陪着朗山，后来汽车总站的领导和交警来了。一直到下午，绿妮才被推进太平间。

拉丽回到家时已是霞光满天。初夏的傍晚暖洋洋的，空气中飘着芒果花淡淡的香味，美好得好像什么都没发生过。可是绿妮已经真的没了，变成一具冷冰冰的尸体。昨天拉丽还和她在一起，拉丽看见她脸上滑落的泪水，回想起她隐忍着泪水干活的模样让拉丽心碎。可是人就这么真的没了啊，这世界真是太匪夷所思了。

拉丽进了门，卷进沙发里发怔，然后她摸出手机，打了杨老太的电话，她请上善接电话。那边安静了，她知道上善在听。

"上善……"拉丽拖着哭腔，"上善……"她哭了出来，"你听着，你听着，妈妈爱你，听到没有？妈妈爱你！"然后她挂掉了电话，卷进沙发角里像只受伤的小兽哀哀哭起来。她没注意到大力在房间里，他从里面出来，摸摸她的脑袋。

"滚，你给我滚，越远越好！"拉丽尖叫起来。

"怎么回事？"大力盯住她满脸的泪水。

"我叫你滚！"她扬起包朝他砸过去。

五

五天后，绿妮火化了，她已经冰凉的躯体被翻来覆去检查数次。朗山不断被叫去医院，每次他都受不了，他总是揪自己的头发，捶打自己的脑袋。那几天他的牙床肿得老高，脸都变形了，说话颠三倒四，胡子拉碴头发凌乱，看起来像个随时会朝什么人挥拳头的人。其实他几乎什么都不能做，像个神志不清的醉鬼，所有事情都靠拉丽帮忙，他在需要签字时才动动手。火化那天，绿妮的家人来了，她的弟弟和妈妈木木地站着,他们甚至都没哭。她的妈妈反反复复说:"她离开快十年了,她离开快十年了。"好像这是个不伤心的理由。朗山把绿妮生前戴的几件金首饰交给她妈妈,他说会有赔偿,他会把赔偿款交给他们,她的妈妈才呜呜咽咽哭起来。她戴着一只看起来质地像塑料的玉镯子。

  绿妮的事情处理完后,朗山简直成了拉丽的影子。他需要不断干活,和拉丽在一起干活,干着干着,便蹲在地上抱着脑袋哭起来。拉丽不得不安慰他,他便抱住拉丽哭,像一个被亲人遗弃的孩子。没活儿干时,他不断给拉丽打电话,早上、中午、黄昏、半夜,颠三倒四地说些关于绿妮的话:她带走了他们一半的存款,她好像不是要回娘家,她为什么不全部拿走?他宁愿她全部拿走。他们的存款他一分都不会给绿妮的妈妈,那是个重男轻女的自私老女人……他们其实一直没领证,他后悔干吗不叫她去领个证呢?"女人在意这个,是不是,拉丽?"拉丽不知怎么回答。只好对他说:"一切都过去了,一切会好起来的。"拉丽也不断打电话,早上、中午、黄昏,不过她从来不会超过晚上九点给杨老太打电话。每次上善都不说话,拉丽就给她讲她三岁以前的事情。她会翻身了,坐起来了,然后会站,她的牙龈变得硬了,常常咬拉丽黑莓似的乳头。接着长牙齿,她一直吃奶吃到十一个月,若不是她把拉丽的奶头咬得太狠,拉丽打算让她吃到满岁的。拉丽的奶水特别旺盛。上善喜欢喝牛奶,她不喜欢酸奶,给她酸奶她就像个碰到麻烦事的大人紧着眉头,也许她不记得了……拉丽连续几天去看望上善,她从没这么迫切地需要这个奶白色的孩子,好像孩子是她的救命稻草,好像上善随时会离她而去,她甚至提出要把上善接回家,不管上善变成什么样子,她只想和她的孩子待在一起。上善垂着扎麻花瓣子的脑袋,她又在她面前尿裤子了。拉丽想给她换裤子,上善哭了起来。杨老太安慰她不要着急,孩子在慢慢变好,需要一点儿时间,一切会好起来的。

"会好吗?"拉丽自言自语。她突然想起老方,那个有一副忧郁面孔,会画画,老想着突然有天爆红的男人。他除了爱妄想,其实他人一直很好,从来不对拉丽说"不"字,从不顶撞她,除了在生孩子这件事上,他们没红过脸吵过架,他会摸着她的头发叫她"戴珍珠耳环的姑娘",那时候他卖了一幅画,给她买一对淡粉色的珍珠耳环。她一点儿都不怨恨老方,不,从来就没怨恨过,干吗要怨恨呢?孩子是上天给的礼物……

她在步行街遇见大力,她从来没见过他这副样子,两条光膀子刺着左青龙右白虎,黑色的棉背心让他看起来朝气蓬勃,他的头发淹到脖颈上,在后脑扎成一缕小辫子。大力一直喜欢飘柔,而拉丽总是强迫他洗力士。她有差不多两个月没见大力了,他的左耳上还戴一只金色的耳环。大力不是一个人,一个眼圈抹得乌青,皮肤瓷白的女孩吊在他的胳膊上,短小的蓝色亮片T恤露出一片白生生的胸脯和穿了孔的肚脐眼。大力很大方,搔了搔头发,对女孩说这是他……远房的姐。拉丽竟然无波无澜,她觉得大力的胳膊上就应该吊这么一个嫩生生的女孩的手,而不是一双整天替人家擦洗厨房油烟和卫生间的手。对于大力,拉丽极少有幻想,不是不可能,而是完全不可能,但她不能因此忽略掉他给她带来的紫云英蜂蜜般滑腻的甜美。她对女孩笑了笑,新潮女孩看起来不像她的外表那样大胆时尚,而是腼腆低头一笑。拉丽觉得这女孩子还是挺纯良的。她对大力说:"可别欺负人家姑娘!"

就这样要擦肩而过时，大力转过身对她说："有事情需要帮忙的话。"他做了一个打电话的姿势，深深看她一眼。那一刻，拉丽觉得有一种混沌的疼从心里泅出来，她点了点头。年轻人的每一天都很宝贵，而他把宝贵的一年多时间给了她，她不能再有所抱怨了。她知道他们之间不再可能了，假如老方回来，他们之间也不可能了。老方给她留下一个足够改变她一生的孩子，而多半时候，她并不怨恨他，大概是爱得不那么深吧。拉丽有些伤感，离开她的每个人都那么平静而决绝，老方、绿妮、大力，没有任何回旋余地。

上善……她再也不能让上善离开了。

还好，他们的保洁工作没受多大影响，只要有工，朗山便会给她打电话，有时候会到离她家最近的路口等她。他的摩托车上挎着水桶、洗涤用品、毛巾，连绿妮的也带来了。拉丽犹豫着告诉他，这些该扔掉了，尘归尘土归土，离去的就不要再念想。朗山不吭声，拉丽叹了口气，建议朗山多找一个人，两个人一天做几套房子，不仅慢，体力上也吃不消。朗山却跟她谈论绿妮赔偿款的问题，他说大概得十三万，一条生命，他不知道保险公司是怎么算的。但他不打算找他们理论了。人都没了，大概绿妮的妈妈也不会去纠缠的，她只在意那一捆钱什么时候到她手里。她天天打电话来询问，绿妮的弟弟很快就要结婚了。后来朗山把车站、交警以及保险公司的电话给了她，她才消停。

"假如绿妮生过孩子，我是说，她出走的那两年，她在外边生了孩子，你会知道吗？"拉丽试探着问，话一出口她便后悔了，干吗要去翻一个死人的旧事？

朗山沉默起来。也许他什么都知道。拉丽想。他几乎每天晚上临睡前都会给她打电话，有时候说着说着便沉默了，两个人都听到从电话里传来对方的呼吸声。拉丽大概明白朗山的意思，而她什么都不能想，至少现在不能，她得把全部的心思放在上善身上，她得让上善变成一个会说会笑会爱自己妈妈的孩子。

拉丽依然天天给杨老太打电话，一般是晚饭后。拉丽会问上善晚饭吃什么，今天帮奶奶浇花了吧，她分辨清楚绿色和蓝色没有，今天杨奶奶教了哪几个字，假如上善愿意，她打算送她去上学，她会有很多同学和朋友。七月十三日的傍晚，上善在电话那头说了句："绿的是叶子，蓝的是天空！"拉丽拿着手机，她听见自己的心脏急促地跳动声。

"上善，你再说一句，跟妈妈说点儿什么，你喜欢什么？妈妈有，都给你，你怎么又不说话了？"她语无伦次起来，而上善再也不肯出声了。

两个星期后，杨老太邀请拉丽前去看望上善，她有两个星期没去看望上善了，杨老太建议"要给孩子时间"！

上善一直盯着她，她看起来似乎又长高了些。在没有她陪伴的日子里，她悄悄成长了，拉丽感到内疚：上善应该在她的眼里一点点长起来的，她该准确知道上善每个月的体重变化，然而她什么都不知道，她忽略上善太多了。拉丽带来的礼物她连看都不看，她只是盯着拉丽。不，上善并不是盯着拉丽的双眼，她一直盯着拉丽的……肚子。拉丽伸出胳膊想要抱住她，她的身体一挺，浑身变得紧绷绷的，使劲闭起双眼——孩子面对突然而至的恐惧事情通常是这副模样。上善到底没有逃避，也没再尿裤子。拉丽抚摸她僵直的后背，小巧的脖颈，拉丽闻到她身上薰衣草般淡淡的清香，那是她细软的白发散发出来的洗发水香味。哦，上善终于让拉丽接触她的身体，终于不再逃避拉丽的怀抱。上善什么都没说，只是直挺挺地让拉丽抱住，直到杨老太叫她去给妈妈倒杯水，拉丽才放开上善，湿漉漉的目光跟随她小小的身影在房子里移动，她去拿杯子，踮起小脚尖拿饭桌上的茶壶倒凉白开，拉丽瞧她小心翼翼地把水杯递给自己。拉丽急促地吸着鼻子，这是她多少次盼望的，回到家里，乖巧的女儿给她端来一杯水……拉丽接过水杯，她依然直直地站在拉丽面前，盯住拉丽的……肚子。

"我可能疏忽了一个问题。"把上善打发到房间里给画好的花草上颜色后，杨老太有些担忧地轻声说。

"什么？"拉丽望着房间里的孩子。

"我给她看了女人生产的过程。"杨老太说，"我是说，我给她看了女人剖腹产的过程，是影像资料，特校里有这类片子，属于教学资料。"杨老太朝房间望一眼，"剖腹产后，肚皮上是会留下疤痕的，我忽略了这个。后来我又找了顺产的影像给她看，可能剖腹产对她影响太深，她觉得顺产是假的！我解释了，但她一直拒绝相信。你是，顺产？"杨老太问她。

拉丽点点头，说："她一直盯着我的肚子看，是因为这个？"

"是我疏忽了，我想让她知道妈妈是怎么艰辛地把孩子生下来的，每个孩子来到这个世界不容易，我可能过于求成，误导了她。"杨老太说。

"你的意思是，她很感兴趣看我的肚子有没有那道生产她的疤痕？"拉丽有些吃惊。

"很可能是这样。这几天她睡觉时一直轻轻抚摸我的肚子，我没生过孩子，这她知道。"杨老太说。

"假如她看到我的肚子没有那么一道疤痕，可能她会认为我不是生她的妈妈？"拉丽问。

"目前她会这么认为，所以，我还得想办法让她相信，并不是每个生了孩子的妈妈都会在肚子上有道疤痕。"杨老太说，"是我的失误！可能需要一个相当长的过程，你知道，这孩子性情有些执拗！我花了好多心思才让她相信'小白鼠'是一种爱的称呼。她好像很在意这个，她认得老鼠吗？我这很少有老鼠。我们去菜市场和家禽市场，我教她认识各种小动物，但没有老鼠，我不确定她是否认识老鼠，她认识老鼠吗？"

拉丽点点头，她想起曾经在房间里恶毒诅咒过闯进她们房间的老鼠。有一次她下套子抓到一只肥硕的老鼠，把它关在笼子里，放在阳台上，让它慢慢饿死以杀一儆百。老鼠后来真的饿死了。上善会不会认为拉丽也会这样对她这只"小白鼠"？拉丽在她的心里种下了恐惧和恶的种子。拉丽沉默起来，内心充满刺痛和愧疚。

"这孩子，其实没多大毛病，她常常一个人待在家里——这是她说的，她还非常害怕独处时有老鼠进来——晚上也害怕有老鼠，你和她过早分床睡了。"

"是的，是的……她三岁就开始自己睡觉。说起来也许你会笑话我，有时候我早上醒来，转个身，碰见这么个发白的孩子，我自己都怕。我没想到她也会怕，这是我疏忽了。"拉丽说。她觉得她快要哭了。三岁、四岁、五岁、六岁，上善独自害怕地熬过多少个夜晚！

"我们一直睡在一起，她睡觉很安静。那间房子，"杨老太朝上善待的房间望去，轻声说，"只是放她的衣物，有时候我们也会睡在里面。"

拉丽点点头。

"你为什么不结婚？"拉丽突然问道。杨老太似乎面对这类提问太多了，很安详地笑着。

"你为什么想知道？"杨老太问道。

"我只是好奇，也许你和上善一样，受什么影响了。"拉丽说。

杨老太笑起来，说："我的父母，没有一天不吵架的，我父亲甚至会砸东西，我妈妈常常离家出走，有时半个月，有时整整一个学期，他们从根子上败坏了我对婚姻的向往。我还有一个姐姐，结过两次婚，都离了，没有一男半女，人也已经去世了。她一辈子活在恐惧中，总是担心她的丈夫会随时离去……我觉得我适合一个人过，我对婚姻没有足够的信心。"

拉丽惊愕万分，她没想到杨老太会这么坦诚，她觉得杨老太这性情应该是应对万事万物都游刃有余的，没想到杨老太也有无法克服的心理阴影。

"但你是特教老师。"拉丽说。

"特教老师也是人。"杨老太说，"而且，那时候我还小，小时候落在你生命里的阴影很可能会伴随你一生。特教这个工作给我的好处就是能够让我正视内心的阴影，选择适合自己的生活方式。"杨老太站起来，到小饭桌上给自己倒了杯水。

拉丽沉默着，从来没人这么有启发性地和她谈话。杨老太睿智、理性，假如她是一位妈妈，无疑会教育出很出色的孩子，小时候的遭遇让这么美好的女性也有了无法克服的软弱。她的上善，她还不到六岁的上善，以后会成为什么样的人？拉丽深深忧虑起来。

屋内的光线不知什么时候暗下来了，上善从房间里走出来，手里拎一把蓝色雨伞。拉丽和杨老太才发觉天似乎要下雨了。杨老太微笑着把上善拉进怀里。

"要下雨了，是给妈妈吗？"杨老太摸摸她的辫子，"我们的上善知道关心妈妈了。"

孩子显得有些羞涩。

"是给我吗，上善？"拉丽朝她伸过手，上善松开雨伞，目光划过拉丽的腹部。杨老太忧虑地看了拉丽一眼。

"上善，你愿不愿意跟妈妈回家？"拉丽问道。

上善一下子紧靠到杨老太怀里，两只胳膊抱住杨老太的手臂，仿佛拉丽此刻就会把她强行带走。刺痛从拉丽心底蔓延上来，她几乎要哭了。

从杨老太家里出来不久，雨就下了。拉丽一直拿着那把蓝色雨伞舍不得打开。她湿漉漉地上了公交车，在城中的环球超市下车。她在超市收银台处花了两块钱买一把飞人牌刀片。会有点疼，她想。但还有什么比得上生她那时候疼？那种疼就像二十四根肋骨同时折断了。能造成一条疤痕的疼应该要比生她那时的疼轻得多吧，应该要缝针的，必须要缝针，就当是重新再生一回吧。"哦，亲爱的上善，只要你肯相信妈妈是爱你的，什么疼妈妈都能忍受。"她想。她剥开刀片的包装纸，薄薄的刀片看起来并不锋利，闪着乌黑的光泽。

（原载《青年文学》2018年7期，有删节）

晚风吹过南屏

一

黎明从黑夜中渐渐浮出来,带来轻柔的晨风和夜露的清凉气息,还有收割过后的稻秆散发出来的淡淡稻香。不用看,我就知道此刻还笼罩在黑暗中的这条水泥路两边有大片的稻田,辽阔、平展。本来南屏的后头,也就是村庄的后边也有这样一片辽阔稻田的,那片稻田将南屏和县城隔开了。就是那片稻田,将南屏判为农村,南屏人成了农村人。村里人一代又一代望着这片稻田兴叹:"要不南屏人也该是城市人了。"20世纪80年代,我们渐渐长大并开始上学。寒假时,整个村庄狗都嫌弃的十来岁孩子便在南屏后头那片收割过后的稻田寻找乐趣。那时候秋收已过,粮食稳妥归仓,收割过后的稻田也放干了田水,开始晒田,也晒收割过后的稻秆,年后春回，一把火烧掉干透的稻秆，灰烬便成为极好的沤田肥料。而在烧掉稻秆之前，南屏后头的这片稻田就成了我们的乐园。我们在这里挖泥鳅，领着狗子搜寻老鼠，垒窑子窑红薯。那段时间，南屏人家只要有十来岁的孩子，家里留着当种子备用的红薯、芋头、玉米，甚至腊猪头肉、猪脚这样的大货便频频失踪，大人想都不用想，就知道是小孩偷去窑了。一顿打是免不了的，毕竟那时候还不富裕，针头线脑破扫帚都是家中珍宝。挨揍时照例痛哭流涕，也发誓不会再偷了，三五日屁股的疼痛消后，家里该少的东西免不了还是会少。这样痛并快乐的事情，从小学三年级一直延续到六年级。太小的孩子体会不到，大孩子也不愿带这些动不动就哭鼻子流鼻涕的小毛孩玩，上了初中的又看不起我们这些还在玩泥巴的半大孩子，于是这片天地就成为我们的天下了。当然，身后还跟着一帮挂鼻涕的小毛孩。除了以上的快乐，还有一件顶重要的乐事。我们在田野上杀声震天，把田野边上的城里孩子给引诱出来了，他们排成一排，站在田埂上张着嘴巴充满不屑而又羡慕地看我们。城里的孩子体面，基本上是白袜子配回力牌球鞋，上身是一套运动服。运动衣是有拉链有领子那种——那时候的运动服还没有连帽子的款式出现。我们像一群野蛮的泥猴狼狈而又神气地站在他们面前，对他们那身日常穿着非常眼馋。这种穿着一般只有到大年初一父母才允许我们穿，顶多初二去外婆家再穿一天，初三立马被迫脱下，洗干净垫箱底，等开学才能穿上。也不知道谁先动手，又为什么动手，双方开始混战起来，武器是泥巴块，我们快速地弯腰，十指猛烈地插进还柔软湿润的稻田里挖泥块，然后朝那帮县城仔掷过去。他们的身后通常会有一些菜地，那是城里人见缝插针开辟出来的。菜地里的泥块可不好挖，下稻田挖泥块也不是他们的强项，很快，县城仔那身体面的穿着被我们的泥块砸得肮脏不堪。他们回家免不了也要挨一顿打，但他们也玩得忘乎所以，完全顾不上想带这身泥巴回家的后果。其实大家都是孩子，天性里的顽劣是一样的。这样的"跨界"之战每年寒假都会发生好几次，县城仔虽屡战屡败但乐此不疲。暑假要忙"双抢"，抢收割，收割过后紧接着犁田耙地抢插秧，稻田根本腾不出空来给我们撒野。

到了21世纪，县城扩建，南屏后头的那片稻田被政府征用，修路、起楼房，一栋又一栋高楼渐渐逼近南屏，最终只留下一条马路，成为南屏与县城的分水岭，南屏人与城市人之间的距离又拉近了，仅一条马路之隔，彼此鸡犬相闻。也就是从我们这一代起，南屏人纷纷洗干净腿上的泥巴，抛下田地，跨过那条分水岭，进城务工，买房，结婚生子。我们的后代每年回农村扫墓时，南屏村的土话已经说得磕磕巴巴的了，说急了就飙普通话，带着南屏口音的普通话。他们也穿白袜子，但回力牌球鞋换成了其他品牌。运动服没有拉链和领子了，而是连帽子的套头衫……南屏村的房屋建筑样式，永远停留在我们父辈那一代了，我们这一代之后，再也没有心思像我们的父辈那样侍弄土地建造家园，我们与南屏越行越远，而老一辈一个接一个回归永恒的泥土之下，南屏的人气也渐渐稀落了。当然，只是稀落，每一栋上了岁数的屋子里，总有个把两个也上了岁数的老人，带着一条狗子留守生命的最后时光。那些在外头阔过一阵子，而后又败落得身无分文的人也会重新回到南屏，看破红尘般重新耕耘田地。各色人生，世间百态，不用行走多远，在一个南屏村就演绎得淋漓尽致。

以前南屏的后头除了一片稻田，还有一口很大的池塘，周边长几簇庞大的竹丛，往往是二三十棵竹子长在一起，挤挤挨挨簇拥着。有人试图砍下一棵，想破开劈成插豆角的架子。虽然竹子的根部被砍断了，但全家老小全上去扯，怎么也无法把竹子从那簇庞大的竹丛里扯出来。它们身上长出来的枝条相互缠绕着，像成百上千根细钢丝条相互紧紧缠绕，如何能扯得出来？最后只好作罢。那根被砍断根的竹子便这样硬生生地在它的兄弟姐妹怀里渐渐枯黄死掉。

那口池塘是属于村集体的，早先福禄家承包下来种荷花养鱼，但逢夏季暴雨频仍时，池塘屡次决口，养的鱼全部跑掉了，连鱼苗种的钱都收不回。后来鱼不养了，荷花也不怎么照管，渐渐地也就长没了。假如说寒假时我们的乐趣是在南屏后头的那片稻田，暑假时我们的欢乐战场则移到这口池塘里。靠近池塘的这部分南屏人家，午后放回来的牛就赶到池塘里泡水。暑假，那是酷暑天，牛当然得泡在水里，当然，还有我们这群顽劣之徒。我们随牛入水，牛在水里，我们在牛身上，池塘之上飞着成片的蜻蜓，金褐色的透明翅膀在阳光下闪闪发亮，它们有时停在牛角上，有时落在我们头上。后来在小学课本里学到宋朝杨万里的诗句，"小荷才露尖尖角，早有蜻蜓立上头"。大约这些都是早先池塘里有荷花时立于荷花之尖的蜻蜓吧，如今没有荷花了，它们也不肯离去，忽然发现池塘里又有了东西，便又扑来了。农村的孩子，对于蚯蚓、青蛙、泥鳅、小虾、小鱼、毛毛虫、无毒的草蛇之类的，早已见怪不怪，倒也和蜻蜓相安无事，它们爱停哪里就停哪里吧。有时候我们趴在牛背上模模糊糊睡过去，它们便落在我们裸露的背上，落脚之时，毛茸茸的腿给我们带来一阵轻微的小瘙痒，惊扰了我们模糊的睡意，人一激灵，便像一袋土豆那样扑通一声从牛背上跌入池塘里。呛几口水是难免的，挣扎着爬到牛背上，人早已被水呛得红头涨脸。冬天时，因为要晒田，便不再从江里抽水灌输水渠，水渠干涸了，这口池塘里的水便成为附近菜地的救命水，村妇们纷纷来池塘挑水淋菜，倒也养出一大片金黄灿烂的油菜、红灯笼般的西红柿、把狗子辣得流泪的指天椒……

这口池塘，给我们南屏人带来太多的乐趣和好处，当然也时不时发生一些悲伤的事情。隔三年五载的，总有个把小孩莫名溺死在池塘里，而那孩子，分明就是泡在池塘里长大的，如若在平时，除非他本人被绑住了手脚扔进池塘里，不然哪能淹死得了他。于是便有各种关于鬼神的说法，说这池塘有一位冥界的守护者，南屏人不知感恩，受了池塘这么多好处，却从没有一炷香供着。于是每逢农历初一和十五，早早晚晚的，那些家里有娃的母亲们便捧一炷香火和一条红布条来到池塘边，香火插在池塘堤岸上，红布条绑在池塘边的竹子身上。久而久之，这几丛竹子便挂满了红布条，微风吹动，红布条飘扬纷纷，看着真能让人从心里滋生几分敬意兼恐惧。那几丛竹子，因此也有了几分神性，再也没人敢在它们身上动刀子了。后来这片土地被征用，池塘连同几丛具有神性的竹子被夷为平地，也不知道那位来自冥界的守护者迁往何方。南屏人眼睁睁看着城市一日一日逼近他们，内心充满渴望与恐惧，成为城里人是南屏人梦寐以求的事情，但如何在城市生存下去，他们完全没有信心。南屏人世代繁衍生存在南屏，根子早已深深扎在这片土地上，虽然如今的年轻人纷纷跨越分水岭进城，但一旦到大年三十，到三月初三扫墓时节，谁不是将城里的家门一锁就挈妇将雏心急火燎地奔赴南屏，唯恐怠慢他们的祖先，他们的血脉之根。

我家例外，我家没有祖先埋在南屏的土地上，所以无论我飘到哪里，南屏永远成不了我的牵挂。这成了八十七岁奶奶的哀愁与心病。据说我爷爷年轻时读书颇厉害，后来当上了果菜公司的会计，将他们的家从一个叫玉安的山区农村搬到现在的南屏。爷爷一家三兄弟，当年穷得一条棉裤在冬天三兄弟轮着穿。他读书有些天分，但家贫，凑不出钱给他交书本费。奶奶的父亲有眼光，这位祖祖便找爷爷的父亲商量，他可以凑钱给小青年读书，条件是得娶他的女儿——我的奶奶。那年代没有计划生育，奶奶的母亲生下一对女儿后，便不再有孕育之事。半将半就将女儿养大，没怎么花心思，当然，比养儿子省钱得多，女儿还勤快，吃得又不多，祖祖家便有了些家底。两个老人蹲在烟熏火燎的火塘边一合计，便谋定了一桩婚事，结成亲家。爷爷是要上门当女婿的，奶奶是大女儿，往后她的家她得当，她的双亲她得给养老送终。爷爷的父亲倒也没计较让儿子上门，应该也还有些得意吧，等于少娶一房媳妇，少置办一份家业，这可是省大力气了。反正儿子多，少一个多一个待在身边，真不那么在意的。

爷爷果然没辜负老丈人，初中毕业后去读了一年财经学校，回来后顺利进了县里的果菜公司，成为一名端国家饭碗的干部。婚事当然也顺利完成了，成家立业，人生算圆满。当然，天底下没有哪一个家庭永远一帆风顺的，据说我奶奶上吊过两次，但都被及时发现救了下来。后来听我妈说是因为爷爷在外头"闹"了点儿事情。男人的事情，无非就是拨弄家外的花花草草，老掉牙的故事。至于他是怎么得以把家从遍地石头的山区里搬迁出来的，说法很多，我也打探过，但他总是含糊应付，不了了之。他们把家从山区里搬迁出来时，一对儿女已经长大（爷爷和奶奶一辈子也是一对女儿，他们原本还有一个儿子，但在三岁时夭折了），我妈妈十五岁，我姑姑十三岁（母亲的妹妹我本该喊姨的，因为爷爷是上门，所以变成了姑姑），我们这一家，我爷爷奶奶，我妈妈和我姑姑都不是真正的南屏人。悲伤的是，我妈妈也得招婿上门，而我爸爸，又是从山区上门到南屏的，我们这一家实际上除了我，都不是真正的南屏人。当然，倘若要从根脉上溯源，我也不是南屏人，只能算是生、长在南屏。因此，直到此时此刻，我们家没有一个人埋在南屏这片土地上。当然，我爷爷、我父亲都已不在了。他们以令人极为遗憾的方式离开这个世界，或者离开南屏。

我爷爷在六十三岁时（彼时他退休已经三年），忽然说梦见他已故的母亲，那年三月初三便让我父亲用摩托车载他回山区老家，给埋葬在那里的双亲扫墓（之前他的老家隐匿在重重高山里，对外的联系是一条总是爬不完的山、下不完的坡的羊肠小道，后来搞"村村通"大会战，愣是从大石山里炸出一条可以通农用车的碎石路）。爷爷当天拜完他的父母，说累，先回到他大哥家歇着了，余下的已故祖先坟墓让后辈们去扫。待大家回到家里，他倒在火塘边早已气息全无。爷爷大哥的儿子便做主将爷爷葬在老家了，爷爷以这种平静的方式回归故里。

我父亲则更令人心碎。20世纪80年代末90年代初，开始有大批农村人南下打工，带着发大财的梦纷纷奔赴广东。我父亲也是其中一员，到了那边进建筑工地当泥瓦匠，头几年每年过年还回来，也带回来一些钱，当然要比在家种地好得多。但四年之后，人和钱都不见回来了，音讯全无。不像现在连街头的乞丐兜里都有手机，那时候人一出门，家里人和他本人基本上就断掉联系了。关于父亲的失踪，南屏人有好几种说法，有说是在某个不为人知的角落死掉了，像一只无人问津的猫狗老鼠一样死掉。有说在某个不为人知的地方成家立业了，因为他不喜欢入赘的身份。总之就是在某个不为人知的地方，谁也不知道的地方。一直到现在，我父亲生不见人死不见尸。当然，我奶奶和我妈早就当他死了。就这样，我们家至今没有一个人埋葬在南屏这片土地上。从这一层面上来讲，南屏至今不是我们的南屏，我们也不是南屏的人，虽然我们在这片土地上流过汗水以及太多的泪水。

这一点，让我奶奶日夜忧伤，她八十七岁了，老是因自己还不是真正的南屏人而寝食难安。我毕业后，在需要坐大半个夜晚的动车才能回到南屏的地方当一名中学教师。每年有寒暑假，漫长的假期让我百无聊赖，但我不回家，不肯回家。想一想吧，三个孤寡的女人，三代人，每天同吃同睡，每个人都从对方的身上看到自己的不幸与孤独。快乐与幸福分享了，快乐与幸福就会增大。不幸与孤独一样，叠加在一起也会令人喘不过气来。因此，我拒绝回家。我每个月给她们打点儿钱，外加两次电话。先和我奶奶说，再和我妈说。她们说的都是同样的话，家里的鸡鸭不听话，地租又降了，她们浑身疼、脑门疼、肩膀疼、胸口疼、后背疼、手脚疼、牙疼。开始时我会紧张，连忙坐晚上十二点的动车回来。到家一看，她们连个咳嗽都没有。后来我学乖了，在电话里仔细倾听她们的声音，声音依然中气十足的话，就算她们把自己说得快要断气，我也无动于衷。唯一让我感到欣慰的是，她们从来不过问我的婚事，这一点也不知道她们是怎么做到的。

在县城下动车后,我搭早班的公交车到了南屏公路边,沿那条连接南屏的水泥路走。以前这是条泥巴路,一下雨,泥巴能没到脚踝。后来镇政府申请到一笔款子,但只够做半截,需要村里集资完成剩下的半截。南屏人很快一呼百应,集资款出来了,镇政府的款还没到。村委会主任很精明,也不去催镇政府,而是先拿村里的集资款开工铺了半边路。没错,是半边路,一条路铺了半边水泥,另一边裸露着泥土。来往的车辆都看见这条"阴阳"路,实在难看。这条"阴阳"路晒不到十天,镇政府的款便下来了,于是村委会主任又笑眯眯地招呼村民开工。近十年来,由于南屏的年轻人纷纷离开南屏外出闯荡,劳动力严重缺乏,很多土地没人耕种,山区里的山民便出来租种我们的土地,按亩给租金。以往种一季水稻,别时种西红柿和西葫芦,那帮山里人狠狠挣好多年。近两三年来受疫情影响,地里的产物价格一年年往下掉,有时候连本都收不回,山民们要求降租地费用,也真降了。不降人家就不种,丢荒了一分租金都收不到。

我在淡淡的黎明之光中朝村里走去,很快就到了那座桥。桥下是一条宽四米左右的水利渠,桥身微拱,形成一道缓慢的弧。这座桥离公路边百余米,越过桥,再经过一片同样辽阔的稻田,到达一棵巨大的大叶榕下,才算到了南屏村。那座桥在黎明中浮现出来,还有桥头两边石墩上的两个人影。左边那个瘦,右边那个也瘦,但左边的比右边的矮小。我知道是她们,我奶奶和我妈。她们以这样的方式等待我回归南屏已经不是一两回了。有时候碰上下雨,当然不是那种瓢泼大雨,而是那种无声润万物的小雨,她们每人脑袋上就顶一个硕大的竹斗笠,分开坐在那两个石墩上。我奶奶照例在左边,我妈在右边,在朦胧的黎明之光中，像从桥头长出来的两朵大蘑菇。

我首先朝"老蘑菇"走过去，把装在食品袋里还热乎的水晶包递给她。那是我在火车站买的，那包子真大，比我的拳头还要大，看起来蓬松可口，呈略微淡黄的小麦色。"老蘑菇"还喜欢吃一种用红糖和糯米粉制作的发糕，先前我是买发糕的，有一次，发糕卖完了，我便买了水晶包，她便说以后就买水晶包吧。我买了六个，每次都买六个。"老蘑菇"会吃两个，在路上边走边吃，到家刚好把两个水晶包吃掉。她的牙齿落光了，吃东西只用牙龈磨，一口东西往往要磨很久才能吞咽下去。这两个包子就是她一天的食物了，一整天，除了米汤，她不会再吃别的东西。她一向这样，在吃东西上很克制，往往是以她认为的"够"为标准，而不是以饿不饿来决定吃东西。我扶"老蘑菇"站起来，然后朝右边的"蘑菇"走过去。这朵"蘑菇"往往没等我走到跟前，便从石墩上站起来。

"回来了！"她的声音听起来湿漉漉，像被夜露给打湿了。我不知道她们在这里等了多久。我不会劝她们别来等我，那没有意义。这一家的人（当然，只是我们三个人）都特别固执，除非自己想通了，否则劝是没用的。

"还热呢！""老蘑菇"边说边递给她女儿一个水晶包，她女儿接过去。两朵"蘑菇"还不走，站在原地每人先吃上一两口。她们把水晶包掰开，我立刻闻到白糖溶化之后的清香气息。

"黑灯瞎火的，你们两个人蹲在这里，来往的路人会被吓死的。"我说。我知道劝是没法劝的，但还是忍不住要说说。其实我是想一个人安静地走这截路。从上车到下车，只有这段路是我独自待着的，这段晨曦前无人的孤寂时光会让我变得像"无"一样轻盈透亮。微明的黎明，清新的空气，朦胧的旷野，稻秆的清香，一两声虫鸣，我觉得它们充满了神性。在此中，我承载着俗世的肉身似乎已经脱离了我，让我变得轻盈无比。这种能够放空自我的时光不是轻易能得到的，而她们不明白这些。假如她们不是那么衰老，应该会赶到火车站接我，这是她们爱我的表达方式。

"唉，两个黄土快埋到头顶的人了，谁还会怕。""老蘑菇"含糊地说。假如只闻其声不见其人，你不会想到这是一位八十七岁的老女人的声音。从小我就觉得她的声音很奇怪，听起来像十来岁的女孩发出的声音，长大后才知道那是娃娃音。这种声音对男人有很致命的吸引力（当然，除了我爷爷），因此南屏那些常常粗着嗓门骂大街的泼妇便说那是骚狐狸发出的浪声，然后城门失火殃及池鱼，说我们一家都是骚狐狸，我妈和我也被捎带上了。我妈其实长得并不好看，像她的父亲，鼻梁塌陷单眼皮，双唇又稍显过厚。不过她有一头极好的头发，浓密、水润、顺滑，到现在依然发量可观，也没多少白发。她护理头发的秘方是用稻草灰沤的水洗头。把稻草烧成灰后，包在纱布里浸到清水中，清水便会变得像茶水一样金黄。她用这种水洗头，连洗发水都省了，这种洗头方式她一直坚持到现在。

两朵"蘑菇"每人吃了两口包子后，我们三个人便在朦胧的灰白色晨曦中往家里走。这种感觉很奇怪，三个人，我有时候又觉得只是一个人，她们分别是八十多岁和六十多岁的我，在她们眼里，我也成了她们四十岁那时候的模样，我们身上流淌着相同的血脉，本质上，我们其实就是不同年龄段的一个人。一路静悄悄走着，也看不见南屏有灯火在闪烁，而它就在我们的前边，隐约可见村头那棵高大的榕树，黑黝黝地浮在黎明中。

这次回家是我妈打电话让我回来的，她说"老蘑菇"近段时间总说梦见她母亲，一身白衣白裤，连脸都是白的。我妈便发慌了，因为很多上了岁数的老人在离世前总会梦见故去的父母，我爷爷便是这样。

"小妖，你必须回来，这个时候所有的亲人必须在她身边，她才能走得没有遗憾。"我妈在电话里这样对我说。她是压低了声音说这句话的，这话一说完，传过来的声音已经是"老蘑菇"的了。

"小妖，你还没嫁人吧？""老蘑菇"的娃娃音劈头送来这么一句。

"没有！"我老老实实地说。

"没有就好！你要是嫁了我也不稀罕你回来了，泼出去的水，是收不回来的。但你没嫁就得回来呐，你暑假也不回来，七月十四中元节，我们，我和你妈，连鸭都没杀。我和你妈要是死掉了，你不回也成的。可你也没嫁，我和你妈也还在喘气，你就不回来了？"娃娃音很不好惹，充满火药味。

"我这就回。"我只好又老老实实地说。

今年初，我被抽调到市里参与庆祝撤地设市四十周年活动筹备工作组工作，一直忙活到十月份庆祝活动结束。结束后校领导考虑到我放暑假时也在参与工作，于是秋季学期便不再给我排课，权当给我补了暑假。这样我便有了暑假和寒假连着过的一段颇长的假期。

"老蘑菇"得到我的保证，心满意足地把电话给了我妈。

"我说的话你得上点儿心。"她又压低声音说。我在电话里听到"老蘑菇"骂骂咧咧的声音渐渐变远，她应该是离开我妈身边了。

"这是梦,梦你也相信?"我说。

"别大意,人不会无缘无故做这样的梦的。"她笃定地说。

于是我便回来了,但绝不是为了"老蘑菇"的梦回来,而是为"她们还在喘气"而回来。

"今年家里种了什么?"默默无声地走了一段路后,我说。总得说点儿什么。

"只种一亩稻子,没力气种太多了,够人和几只鸡鸭吃,屋后还种了点儿菜。"我妈说,"余下的田地租给老赵种了。"

"不用种那么多,够吃就成了。"我说。老赵叫赵志敏,其实不老,三十多岁,他和妻子从山里出来,在南屏承包了十亩地种水稻和冬菜。除了我妈种的一亩,我家里还有两亩地租给了老赵,一亩地每年给八百块钱租金。我妈前段时间在电话里说今年降到六百块钱,农产品成本涨价了。

"这个老赵,也抠的,多两百块钱也不肯给,孤儿寡母的,也不体恤我们一下。""老蘑菇"说。

"怎么孤儿寡母的,有我嘛,我每月都给你们打钱的。你让老赵带你去领钱出来花,老赵人不错的。"我说。

"他是不错,中元节他来帮我们杀鸭的。"我妈说。

在南屏,人一旦过了六十,就不能再杀生了,得给后辈子孙积德,给自己积德挣个好死法,不然阎王爷会吊着你,让你瘫在床上三年五载的不咽气,生不如死。

大叶榕渐渐浮出来,像一把巨大的雨伞。榕树其实都长不高,长到三四米就不再往上长了,而是往横向长,身躯变得像水缸般巨大,长出很多也很巨大的枝丫，向四面八方延伸，渐渐合拢成伞状。往时每年忙过"双抢"，榕树下从早到晚地聚拢一堆老头，老头又带着孙子，一堆老的和一堆小的，老的谈挣大钱做发财梦，小的分帮派打群架。只要不流血，打得涕泪横流衣衫破烂也不会有人管。本来还有一棵龙眼树挨着榕树的，龙眼树每到夏季硕果累累，倒也可以让附近的人家饱食几次，但也因此坏不少事情。常有胆大又心不细的孩子爬上去摘龙眼，一帮伙伴在下头瞎鼓劲喊加油，树上的人一飘，踩了个空，结结实实摔下来，扑通一声闷响，是那种里头已经碎而外头却看不出什么名堂的很结实的闷响。这棵龙眼树摔死过两个孩子，于是村主任召集村干，商量如何处置这棵龙眼树。大家一致同意砍伐，连根挖掉。砍伐那天，村里找来道公做法。树老了都成精的，一般不能随意砍伐，但如今事关人命，只能斗胆行事了。道法必须要做，以求得"树精"宽恕。那天龙眼树下里里外外围了几层南屏人，大家也都很开明，没人阻拦。毕竟谁家都有儿孙，搞不好扑通掉下来的就是自家的独苗了。身披大红色法衣的道公在龙眼树下吟唱了半天，然后杀了一只白羽毛公鸡祭奠，又放了一挂鞭炮后砍树的人才开斧。四条南屏大汉抡着缠上红绸布条的大斧头整整砍了一个下午，才把那棵老龙眼树放倒。南屏的女人们又花了三个白天才把龙眼树根完全挖出来，割下来的枝丫和挖出来的龙眼树根像一座小山般堆放在榕树边上。老人们从深秋开始烧到来年春分，如此往复，整整烧了五个冬天才算烧完了。

我们到达榕树下时，天开始蒙蒙亮了，南屏有了些声响，开门声、咳嗽声、小孩的哭声、面盆失手落地声，这些驳杂声徐徐拉开南屏的清晨帷幕。我们三个人顺着那条南屏边上的水泥路往家走。我们家在南屏后边,也就是挨着县城的那边。南屏的房子很老旧,大都是两层楼房,房子的外墙通常撒上白色和红褐色的米石当装饰。如今看起来很土,但稍微上年纪的人都知道,这是20世纪90年代乡村房子最流行的装饰,能这样装修房子的,一般只有靠近城市,或地理位置相当好的村庄才能做到——这些村庄一般挣钱相对比较容易。从这一点上来说,南屏以前也算是阔过的。当然,现在也阔,只是阔的那些人全在外头,不再热衷于回来建设南屏了。

我妈早早帮我把房间收拾好。我的房间在二楼,有一扇很大的玻璃窗户,面对渐渐逼近的县城,我可以清楚地看见那些高楼阳台上种的花菜和晾晒的衣物。这栋楼房是我爸在外打工头四年积攒下的积蓄建起来的。假如他像南屏人说的那样,受不了入赘的委屈,在某个不为人知的地方重新成家立业,那么他在完全消失之前倒算是把一个男人该做的给做了,让被他预谋舍弃的女人和孩子有了坚固的遮风挡雨的屋宇,把善后的事情做好了,还算是有良心的。

我宁愿他活着,不管以何种方式。

房间里有艾草的浓烈气息。这是"老蘑菇"的惯常做法,她常说艾草是大自然赠予人类的神奇"仙草",拿来煮清水洗澡泡脚,能健康体魄益寿延年,拿来熏屋子能祛邪除秽。她说每个人身上都有一个气场,与人交往越少气场越纯正,而我长年累月吃喝异地水米,和各式各样的人打交道,气场一定很污浊,得熏一熏。于是就熏。通常是把窗门关死,然后把一大把编成麻花辫的干枯艾草点燃,让其慢慢燃烧,慢慢熏。每次睡过房间之后,我身上几乎每个毛孔都透着艾草的气息。

我不困,在动车上已经睡过一觉。"老蘑菇"开始指挥我妈煮粥。

我妈煮了一辈子粥，但只要我回来，她立刻不会煮了。并非煮不好，而是"老蘑菇"觉得她那套煮法不对我的胃。在我三个月大时，我妈整整患了三个月的痢疾，喂不成奶，我活命的东西基本就是"老蘑菇"熬的粥。三个月的孩子吃粥，真难为我的胃了，也难为给我熬粥的"老蘑菇"了。"老蘑菇"至此认为她对我的胃了如指掌，放多少米，放多少水，什么样的火候，由她说了算。现在，我已经强壮到吞一把南屏的泥土也能消化得掉了，她对我的胃的认知还停留在我三个月的那个时候。

我站在窗前，闻着渐渐淡下来的艾草气息，看见眼前的城市如海市蜃楼般一点点变得清晰起来。我沉缓地、深深地呼吸，让带着艾草的空气慢慢进入我的身体。在外头时，每当我想起家里这两朵"蘑菇"，就仿佛闻到了这种令我的身心为之一颤的气息。

我等不到太阳升起来，是个阴天。下楼来到厨房，两朵"蘑菇"坐在火灶边，橘红色的火苗从灶孔里漏出来。我早就给她们安置了煤气灶，而她们固执地认为煤气灶烧出来的饭菜没滋味。南屏还没用上煤气灶之前，烧饭用的是稻草，后来有了煤气灶，稻草渐渐退出南屏的伙房。如今，两朵"蘑菇"每年都让赵志敏从老家山上弄两车柴火来，当然是给钱的。"老蘑菇"很心疼，觉得那是拿钱在烧饭。但不烧柴火就得烧煤气，煤气一罐一百多块钱，两个人用得上半年，一年两罐三百来块钱，而两车柴火才两百块钱，顶烧一年。在对生活开销的算计上，"老蘑菇"比我妈要精明得多。

"1960年，你晓得吧？""老蘑菇"看见我，又老生常谈，指着从火灶孔里冒出来的火苗，"什么都没得吃，地上有点儿绿的，都吃光了。没钱没物。如今倒好了，烧个柴火也要钱，这世道不纯正了。"她说着，慢慢站起来，转身出了伙房。我知道她一定又积攒了什么她觉得好的东西，要去拿出来给我。

"你别跟着我！""老蘑菇"往往要故意留一点儿神秘。她慢慢挪出伙房，然后进了厅堂左侧的房间，还随手把门关上了。无非就是一些糖果饼干之类的，从小到大都这样。饼干拿出来时，往往因为放置时间太久而变得软塌塌的，而糖的表皮则溶化了，和那层包糖纸粘连在一起，根本没法吃。

"她为什么老惦记1960年？"我实在忍不住了，这话题我从小听到大。她分明是不想遗忘。

"那年我弟死掉了。我们其实有三姐弟，你姑姑下边是个弟弟，你该叫叔叔的。1960年小弟三岁，那时候遭三年困难时期，没有吃的。小弟因为长期挨饿，营养不良，死掉了。"我妈回道。听得我一阵毛骨悚然。

"爷爷那时候不是领工资吗？怎么还能让自己的孩子饿死？"我问。

我妈不语，背对着我往火灶里添加柴火。片刻后我听见她深深吸了一下鼻子。"老蘑菇"从厅堂里又慢慢朝伙房挪过来。她不驼背，眼不花耳不聋，高龄只是让她的行动变得迟缓了，身高也缩了不少。她像数着步数般走到我跟前，把手里一个小布袋给我。

"收好！""老蘑菇"低低嘱咐我，然后笑眯眯看着我打开小布袋。是一个刻有花纹的，一根手指那样宽的银手镯，在清晨的光线里泛着暗暗的哑光。我心里一沉，她分明是在派遗物。在南屏，每个老人预感自己在世不多时，便会把值钱的或者珍贵的物件拿出来分派给儿孙。

我听见我妈又深深吸了一下鼻子。

二

我妈每天在"老蘑菇"照例去歇午时，躲进她的房间里做孝服。她们的房间挨在一起，都在一楼厅堂的左侧，靠近大门那间是我妈的，一墙之隔是"老蘑菇"的。我不在家时，二楼就空着了。我妈久不久上去打扫灰尘，检查被褥是否被老鼠造窝，其他时候，这一层好像不属于我们家的。

"得做好准备了！"我妈从老花镜上看着我，压低声音说。孝服包括上衣、裤子、头巾，这是给与死者有血缘关系的直系亲属准备的。"老蘑菇"的直系亲属只有三个，我妈妈、我姑姑、我。其他人就不适合了，他们在手臂上绑一条白布条即可。现在她已经缝到我姑姑那一套，缝上衣左边的袖子。

"人还好好的，你做这些东西不吉利的。"我说。我站在一边，拒绝靠近那堆散发着死亡气息的白布。她将剪得七零八碎的布片摊在床上，摊成一个人的形状。白布是白麻布，粗糙、扎实，有淡淡的黄色。这种布料如今市面上已经很难找到了。

"我算了一下，大概十五席就够了。老家那边的，你爷爷这头，你奶奶这头大概是十席，南屏五席。粮食是够吃的，就是肉如今贵了些。我该多养点鸡的，如今买半大的来养也不知来不来得及，家里只有七只鸡和五只鸭子。操办白事不用担心，老赵熟悉这一套，他这些年来给南屏操办了不少红白事。"她停下手里的针线，盯住我说。我不敢直视她，仿佛做了什么亏心事。

"你快别弄这些了,人老了想法多,我奶奶看见了会说你盼她快死的。她能吃能睡的,平日也没什么毛病,离那时候还远着呢。"我说。

我妈呆呆地盯住我一会儿,又埋头忙她手里的活儿。我看见她头顶上浓密的灰白发,她六十四岁了。她缝得很慢,一针一线的,针脚很均匀。我叹了口气,默默站了一会儿,转身离开她的房间。

我其实也有歇午的习惯,但一回到南屏,不知怎的,竟毫无睡意。我花了四个中午整理屋后的菜地。在厨房的后头,大约有一分半的一块菜地,我妈种了卷筒青、玻璃菜、一小片香菜。这几样菜都种得不多,剩下一片有三张席子那样的空地,长满了杂草。于是我锄草,锄这点儿草竟然花了四个中午,两只手掌还长了六个亮晶晶的水泡。我把那些杂草堆积到一起,一把火烧掉了。我打算在这块地里种几兜万年青、芦荟、蔷薇,整一整也能成一个不错的小花园吧。现在得晾晒几天地。这个中午我打算在南屏里走一走。

南屏是一个大村,有两百八十一户人家,差不多两千五百八十口人。无数条小巷子四通八达,看起来很乱,但乱中有序。整个村子从前往后数,一共六排,前一排的厨房对着后一排的大门,中间间隔一条大巷子,整个村庄就有六条主巷子。主巷子名字起得非常有气魄,分别是妃子巷、落云巷、竹排巷、扶摇巷、云瑶巷、紫玉巷。我曾和"老蘑菇"探听这些巷名的来历,"老蘑菇"摇摇头,我这才记起她其实也并非真正的南屏人。又和村里那些文物般的老古董打听,他们也摇摇头,说生下来就听见这般叫了。

午后的风暖和了,已经农历十月了,夜露冰凉,早晚的风已经开始咬人,天空白蒙蒙的。我慢慢穿梭于那些纵横交错的无名小巷间,感叹南屏已经不是往昔的南屏，南屏已经被外地人给占领了。随便从哪一户人家里走出来的人，都已经没有一张脸蛋是我一望便知名知姓的。南屏的年轻人在外头挣了钱，纷纷进城买房，老的小的全搬进城里，南屏的老屋便租给了从山里出来，或从外地来这座城市谋生的人了。城里的房子租金贵，这种挨着城市的郊区房屋便成了抢手货。也有一些舍不得老屋，不愿进城跟儿孙住的老人，还有伴儿的就两个老人守着老屋过，老伴已经走的就带一条狗子过。这样的老人已经渐渐稀少了，也面目全非，看不出往昔熟悉的表情。许多不同口音的孩子在小巷里打闹，他们的父母有的进城去谋生，有的在家里守着一爿店铺。实际上，南屏如今已经类似于城市里的老城区了，已经融为城市的一部分。在妃子巷，赫然有三对河南夫妻经营三家棺材铺，这三家棺材店分别租了陈二河、陈三河、陈四妹的老屋，这是三兄妹，本来还有个陈大河的。我记得那位长相醇厚的老大哥，一双厚嘴唇老远看见人就笑，浓眉塌鼻梁，走路外八字。这四兄妹也是20世纪90年代初最先南下打工队伍里的成员，陈大河也和我父亲一样，不知怎的一去不复返。当然，他比我父亲大好多，大十几岁总该有的。他留下一对儿女和一个老婆，老婆后来也出去打工了，遗憾的是也没再回来，南屏人都说她在外头改嫁了，不会再回来。于是陈家三兄妹肩负起抚养兄长一对儿女的责任。那一对儿女也争气，书念得好，兄妹俩后来都当了老师。陈家几兄妹在广东做日用品批发生意，狠赚了一把。他们可不是进城买房子那么简单，而是进城买地皮，每人起了一栋五层半的楼房，带铺面那种，据说他们在广东也有房产。南屏人说这是几兄妹厚待兄长后人积下的大德。当初那几对河南夫妇言明要租来经营丧葬用品，三兄妹毫不犹豫就答应了，他们说这是积德的事情。于是南屏人又感叹，怪不得陈家人能发财，人家的心胸那是能盛得下高山大海的。棺材店就这样开张了，一晃十多年，平时看着门庭冷落，但它能经营十多年，足以表明这营生是能赚钱的。雍容华贵的"妃子巷"由于这三家棺材铺的存在，落得一个别名，叫棺材巷。南屏的棺材巷在整个县里都很有名气，所有丧事用品，棺材、花圈、香烛、纸钱、寿衣、丧事器皿、纸车马洋房一应俱全，全部能在这三家店铺购买得到。这三对河南夫妻相互之间也很帮衬，自家店里短缺的，便将人带到邻人店里，买卖一团和气。路过那几户人家，往敞开的门里瞥一眼，必定是一口尚未油漆的素棺材撞入人眼，它就直挺挺搁在客厅里，头尾架在两条矮长椅上，家人进出都经过旁边，似乎那是一件扫帚一样不起眼的家什。棺材两边的墙壁上，也挂满各种丧葬用品，尤其是那些寿衣，特别显眼。那是长褂子寿衣，像电视剧中民国时代男人穿的长袍马褂。店主不是拿一根衣架来挂住，而是像个稻草人那样扎起来，乍一看像墙上挂着一个人，旁边又堆满各种丧葬品，加上一口棺材，那种沉重肃穆的氛围就出来了。这三家棺材店刚开张时，南屏人都觉得晦气，路过都像脚底抹油，一溜就过去了，绝不多耽搁一时半刻。后来渐渐熟悉了，也来串门了，有时候还走进门拍拍那口素棺材，嘭嘭嘭的响。对于尚未但必定会来临的死亡便多了几分坦然，难得地获得了一份好心态。

越过妃子巷就是落云巷，落云巷也有一个别名，叫剃头巷。因为这巷子里有好几位剃头师傅和拔脸娘。这不是舶来品，是南屏这一带固有的传统仪式，包括南屏附近这一带的平原地区，都固守这样的传统。剃头并非日常的剃头刮脸，而是专为去世的男性剃头刮脸，有一层净脸的意思在里头。剃头也并非真剃个光秃瓢，而是象征性地修理头发和刮脸腮，使逝者看起来整齐体面一些。拔脸则完全相反，专门给新嫁娘绞脸毛和后脖颈上的绒毛，使新嫁娘的颜面和脖颈显得更光洁照人。绞脸毛是个很轻巧的技术活，全凭一根缝衣线操作，线的一端咬在嘴里，另一端对折在双手的食指和拇指上，折成剪刀状，嘴里那条线一拉，两只手控制的那把"剪刀"便成"剪"的样子，轻轻绞在抹了稻草灰的脸庞和脖颈上，那些细小绒毛就被连根绞掉了。疼是真疼，生生从肉里拔的，哪能不疼，不经疼的姑娘硬是被绞得淌了一脸泪水，但一想到新婚之夜灯火下自己光洁的脸庞和脖颈，也就忍了，肉是疼，心里却幸福。拔脸娘迎来的是幸福与即将孕育的新生命，剃头师傅走出去是奔赴死别与生命的消亡，一条窄巷里生与死毗邻而居，相遇而安。

除了妃子巷和落云巷，还有竹排巷、扶摇巷、云瑶巷、紫玉巷等几条大巷子，这些巷子都有各自区别于其他街巷的独特风物，这些风物来自五湖四海，大多是那些来自四面八方的租客经营的，比如来自云南的诸如颜色鲜艳的民族布包与服饰，来自新疆的小件玉石装饰品，来自西双版纳的各种藤条编织工艺品，还有算命的、看风水的、起名字的，五花八门。驳杂的民间风物糅合成了南屏一种奇特的氛围，半土不洋。如今的南屏村，已俨然成为一个挨在城市边上的乡村集市了，每天陌生人进出络绎不绝，前来采买各种在县城集市上买不到的新奇民间物品。如今的南屏早已不是以前的南屏，总觉得缺一点儿什么，又觉得如今的南屏更圆满，它更像一个能自给自足的完整体系。

我在一家卖绿植的店铺前停住。这原来是绿玉家，这家有三姐妹，老三就是绿玉，和我是伙伴。她的两个姐姐外嫁了，据说嫁的都是有钱人家。按照习俗，家里如若没有儿子，大女儿是要招女婿上门传香火，给父母养老送终的，像我妈。但她们家老大老二全外嫁了，招婿上门给父母养老送终的任务只能落到绿玉身上。那两位姐姐倒算是有善心之人，每人豪赠二十万红包给绿玉，权当是二老的赡养费。绿玉很机灵，在房地产炒得火爆之时，拿着姐姐们给的钱买了一套毛坯房，一转手赚了十几万，如此这般倒腾，短短几年内竟身家上百万。当然，后来她也带着父母搬进县城了，找了个当高中教师的夫婿。

如今她的老屋租给一个云南人，家里的地也租给了他。云南人擅长种花，将绿玉家的地改成花苗圃，鲜花供应县城的零售花店，花苗供应城里人在阳台上种养。云南人姓刘，他有一对双胞胎女儿，十来岁，老婆像个高中生，长相十分年轻。我每年回来都来老刘的店里转，今天他不在家，据说回云南去要新品种的月季花去了。我们叫他老婆花姐。花姐听说我要买万年青和芦荟，细声细气地说："不用买，你自己去地里搞，这算啥花，你去搞就是。"她给我一袋肥，让我埋到要种花的土里，那样花容易生根。我说："我还没把地整好，整好了再来拿。"转了一圈，又转回妃子巷，路过云轩店（一家棺材店的店名），赫然发现我妈和"老蘑菇"在里面，旁边站着笑眯眯的店主张玉祥张老板。我只好走进店里。

"呵，这不是小妖回来了？"张老板瞪着我。

"是我。"我说，"张老板，恭喜发财！"

"大家发，大家发。"他说。

我妈和"老蘑菇"在一旁看着我,她们的神情都有些尴尬。

"要干吗?"我问她们。

"你奶要给自己选一口老屋!"张老板说。他们那边管棺材叫老屋。

我有些愠怒地瞧她们,她们站在我面前,像两个做错事情的学生。

"看一看,看一看还不行吗?"我妈没吭声,"老蘑菇"小声嘀咕起来。她悄悄挪到我妈面前,仿佛我要欺负她的女儿似的。

"给谁看?给我?"我说。

"瞧你这张嘴,陶家人尽是这些不知死活的货!也不知我造了什么孽。""老蘑菇"神情变得坦然起来,似乎还有些气恼,抬手嘭的一声拍着那口素棺木。她的手枯瘦,纯粹是骨头撞木板,力道还不轻。张老板在一旁尴尬得直搓手笑。

"好端端的日子不过,净操心那些没边没沿的。"我火很大,心里却悲怆升起。这些本该是儿孙辈给家里的老人做的,如若我是个男儿身,或者是个让她们觉得靠谱的人,她们何须这般不顾体面,自己给自己选棺材。我感到嗓子又紧又疼,连忙扶住"老蘑菇",搀她走出云轩店。她很瘦小了,年轻时(其实也不年轻了,我开始学会打量人时,她已经五十多岁,身体开始缩小)比我妈还高,上了年纪后,渐渐变得矮小了,最后竟缩得还不到我的肩膀。但她有一双很大的脚,和我一样穿三十八码的鞋子。

"你们有我,你们不是没有后人,你们有我嘛,想要做什么尽管和我说。"我轻声说。

"你会给我做?瞧你刚才急赤白脸的。""老蘑菇"轻声说。

"奶,你放心好了,人家儿孙做的事情,你孙女也会做。"我说。

我妈在旁边默默走着，我又听见她深深吸鼻子了。

"孙女？哼。""老蘑菇"从鼻子里哼了一声，"一个丫头片子，能做什么。"

"你别小看人，孙子能做的事情，我也能做。"我说完，使劲捏了一把她瘦骨嶙峋的胳膊。

她的嘴角咧开了，不过看得出是很快乐的。因为这是我小时候和她睡觉时玩的把戏。我让她讲故事，她故意卖关子，我就掐她的胳膊，掐她肚皮上松软的肉。

"嗳，你能做！明天你陪我来买口棺材，我倒要看这蹲着尿的有没有这胆子。"

"奶，还没到那时候，你长命百岁的。你放心，到该买时我绝不含糊。要不今晚我和你睡，怎么样？"我诱惑她。因为每次回来她总半真半假地叫我和她睡。

"去！谁稀罕和你睡！我一身老人味，自己闻着都呛。"她叹气。

"没有。"我说，"你身上没有老人味，你身上只有尖酸刻薄的味儿！"这回是她掐我。我妈一直走在我们身后，我回头看了她一眼，她双眼泪汪汪地看我。

晚上，在我临睡前，我妈来到我的房间，说家里有一口棺木，能让老人延年益寿，这是南屏的习俗。

我一愣。忽然记起小时候和伙伴绿玉玩的捉迷藏游戏。绿玉那时候有一个很老的祖祖，是她爷爷的父亲。我记得她家的偏房里确实有一口长方形盒子那样的素棺材。还没油漆的棺材我们南屏称为素棺材，只有人过世要入殓前一天才能上油漆。那时候我们捉迷藏，还常常躲到那口素棺材里,人直挺挺躺在里面。那时候还小,不知道什么敬畏和惧怕,绿玉的妈妈偶尔会呵斥我们。她的爸爸和爷爷、祖祖根本没当回事。那位祖祖时常安详地踱到偏房,站在那口素棺木前静静地看。

"祖祖,这木盒子有什么好看的?"我们问他。

"祖祖以后要躺在里头。"他笑眯眯地说。

"为什么要以后?你现在就躺进去,你躺进去给我们看看。"我们大声说。

这时候偏房旁边的厨房里便会飞来一只鞋或一把扫帚,啪地砸到我们身上……

第二天,"老蘑菇"、我妈、我,我们三个人正正经经地去云轩店,给"老蘑菇"选一口素棺材。我们什么也不懂,张老板就给我介绍起来:"一般土葬用的棺材是柳木、桐木、杉木,这是大部分人家都会选用的,价格比较实惠,但不耐腐蚀。再好一点儿的是松木、柏木,不易变形腐蚀,价格稍微高。最好的是楠木,金丝楠木,防腐性强,假如土质干燥的话,上千年不腐朽也是有的,金丝楠木一般寻常人家都不用,太贵。我这里庙小,没有金丝楠木棺。"

张老板拍着堂屋那口素棺木,嘭嘭地闷响。

"这是什么木?""老蘑菇"盯着那口棺材。

"这是杉木!"他说。

"老张屋后头还有不少,我们到里面看看去。"我妈建议。

"老蘑菇"将脸朝我偏过来。她的脸也缩小了。她脸部的骨骼本来就不大,如今皮肉一缩,比我的巴掌大不了多少,皱纹丝丝缕缕地布满那张松弛下垂的脸皮。她们那一代人,包括我妈,年轻时用的护肤品一般就是冬天的时候往脸上抹一点儿兑了水的生茶油，皮肤从没受过化工护肤品侵蚀，因此皱纹归皱纹，皮肤看起来要比我细腻得多，看不见毛孔的那种细腻。

"小妖，你能给我弄个杉木棺木，我就算没白疼你了！"她说。

"由你选，你满意哪一口就选哪一口！"我轻声说。说完，我搀着她往张老板的屋后走。我妈和张老板在前头。"老蘑菇"拽住我顿了一下，从她肥大的外衣下将一个很厚实的红塑料包包摸出来塞给我，上头用橡皮筋扎得结结实实的。

"够用的！"她轻声对我说，"去年葵花的奶那口也是杉木，素的，才四千二。我这里有六千，我数过的。六千！"她强调，捏住我手臂的手使了一下劲。我连忙把那包包塞进她的外套口袋里。

"我有！"我小声对她嘀咕，"假如我没有，你女儿有，怎么能让你掏这个钱，快收起来吧！"

"你们有？"她撇撇嘴，又掏出来塞给我，"我还不知道你们。你妈那手掌，指头缝比筛眼还宽，那是留得住钱的人吗？"

"她没有我有！"我说。没想到"老蘑菇"这样看我妈，这让我哭笑不得。

"我想你也是没剩几个的，要不你怎么老不回家？估计连个车费都掏不出。你们这一代人，我已经见多了，能花不能挣，没得救的！"她摇摇头。我忽然记起前几天她给我的银手镯，连同这一点儿私房钱，大概是她全部的财物了。我默默接过那包钱。它将会毫发无损地待在家里某一个隐秘之地，"老蘑菇"百年之后，它便是一件珍贵的缅怀之物。

张老板搭了棚顶的天井里放置着八口素棺材，一口叠加一口垒在一起，垒成四排。

"都在这里了！"他一挥手，像展示什么令人骄傲的宝贝。我暗暗想，这么多装死人的东西放在眼皮底下，他一家子是怎么做到熟视无睹的？半夜起来上个厕所会不会被吓着？还有那么多丧葬品，整一屋子的死亡氛围。大概能经营这些东西的人也得看命吧，只有命格足够硬朗，才能压得住这些家伙散发出的死亡阴沉气息。像我这样看一眼都要吓得手脚冰凉的弱气之人，只怕小命早搭上了。

我妈挨个抚摸那些棺材，白板，厚实，看起来都一样。不是光板面的木板，外壁上都雕龙画凤的，其中有一口雕刻着顶大的花朵。

"那是牡丹。"张老板说，"上朱红色漆后会特别漂亮！"

我妈和"老蘑菇"对了一下眼睛，我忽然发现她们眉目之间的神情仿若一人。到我老了，不知道我是不是也这样。"老蘑菇"和我妈同时走到那口壁身上雕刻牡丹花的棺木前。那口棺木摆在下层，它上头搁着一口壁身雕着麒麟的棺木。"老蘑菇"要求张老板把上头的棺木放下来，她要好好看下头这口牡丹棺木。于是我和张老板便各抱棺木的一头，把上面的棺木挪开摆放在地上。我以为会很重，其实并不重。空棺木，还没有盖。

"老蘑菇"边边角角仔仔细细地看，还像试探一个西瓜是否成熟那样东拍拍西打打。我妈则盯住那些牡丹看，仿佛看着它便能成真了似的。

"这花描上油漆该是什么样子？"她自言自语般地低声说。

"很漂亮的，大姐。"张老板说。我妈就把目光移到他脸上。这张老板长着一张白脸，偶尔还会有个看起来很单纯的笑容。他在南屏经营棺材生意十来年了，据说之前是在县城里租了店面经营，后才转来南屏，本地话讲得已经相当地道了。在南屏营生的外地人，基本上都会讲些本地话。

"是吗？往后我也要一口这样的棺木。"我妈说。我心里不高兴。"老蘑菇"八十几岁了，备下是应该的，可我妈才六十四岁，离那一步还远着呢，也跟着瞎琢磨这些事情。

"还没轮到你！"果然，"老蘑菇"板着脸呵斥她。"张老板，这口给我备下了，我要朵牡丹就够了。龙啊凤的，我们命贱，压不住的。"她说。

"奶，这些龙凤其实也没那么玄乎，就是图个好看，跟我们的命没关系。"张老板说。

"就这口！""老蘑菇"斩钉截铁地说。

在南屏，买棺木叫"进棺"，讨个吉祥，和"进官"谐音。"进棺"是要择日子的，得拿你的生辰八字去给算命先生看，找吉利的"进棺"时辰。"老蘑菇"说她早就不记得具体出生时辰了，只大概记得个数——农历二月二十七。没有具体时辰，算也算不准。我们便回家，她戴着老花镜查看挂历。她认得几个字，这在她那一代相当不容易。后来她和我说是"那个掉脑袋的"教的。"掉脑袋的"当然是指我爷爷。当时我不由得浮想联翩，原来书上讲的"红袖添香伴读书"是真的，只是后来不知如何，她想死的心都有了，上吊过两次，命不该绝，我们才有了今生的祖孙之缘。

"老蘑菇"指着日历上标出来的"吉，宜喜事""吉，宜出行"

"吉，宜破土动工"之类的日子，说随便选一个就成。我妈很犹豫，瞧着我想让我拿主意。我不大相信这些，但"进棺"这样事关生死的事情，心里还是有顾忌的。我暗暗感到伤感，恨自己不是男儿身，自己做事总是瞻前顾后优柔寡断的。"老蘑菇"拍了一下巴掌，说这个家她说了算。日子就这样定了，就在后天下午四时之前。

南屏人的家里，一般都有个天井，连接正屋和伙房，四四方方的，讲究的人家给天井搭上顶棚，这个天井便也成为一间没有廊柱的屋子，放家什、搭个鸡窝鸭架什么的，就不怕风吹日晒了。一般人家便敞着，露天，采光好。我们家的天井盖一半露一般，盖住的那一半放农具和闲置不用的破旧家具，没盖的另一半晾晒衣物。冬天晴朗时，"老蘑菇"会在没盖住的这一半天井歇午。冬日暖暖的阳光落到她身上，她眯着双眼，慢慢磨两片嘴唇，极享受。久不久，她忽然会在半睡半醒之间说出一句让人目瞪口呆的话：这人世间，人人忙忙碌碌，起早贪黑争抢那些虚头巴脑的，该珍惜的不珍惜。说着，自己咧嘴一笑。谁都不知道她所指的是什么。

她的棺木，就打算放在天井里，安置在搭盖了顶棚的那一端。我立刻想到张老板的天井，浑身起了一层细细密密的鸡皮疙瘩。我不动声色地说："奶，放在这里，进出都看见，会不会瘆人？"她撇撇嘴说："会瘆谁？反正是不会瘆我的，人有了自己的屋心里才踏实。"

"进棺"这天，张老板张罗了四个年轻人给抬到家里，租我们地种的老赵也来了。我不在家时，老赵对家里的两位老人多有关照，因此听说"老蘑菇"要"进棺"，便放下手里的活儿跑来帮忙。当然，每年回南屏过年，我免不了都给老赵的孩子封红包。老赵又租了玉玲家一块一亩大的稻田，并请来挖掘机深挖，他说要养鱼，目前已经蓄水。他修了一条水渠，从大水利引来了活水。村里女人会到池塘边洗衣服，他便买来水泥和砖头，打算砌一个简易"码头"，方便洗衣服的妇人。张老板很讲究，抬棺木的绳子是用红布条编成的粗绳子，两条红布绳子绑住棺木两端，中间穿过一根胳膊粗的木棒，木棒两端各站一个年轻人。棺木身上又绑了一块薄而鲜艳的红丝绸。张老板让我妈在家门口烧了一盆旺火，又放一挂鞭炮，几个年轻人便从火盆上跨过去，将棺木抬进家里了。左邻右舍来了不少邻居，纷纷向"老蘑菇"道喜。在南屏，"进棺"算是一件喜事，证明这个家儿孙贤孝，也证明"进棺"的老人德高望重，得到儿孙的厚待。晚上，我们张罗了两桌饭菜，招待前来贺喜的左邻右舍。由于我们家不是真正的南屏人，在南屏，我们其实是没有根脉亲戚的，只能把邻居当亲戚来款待。大家吃得欢喜，又把"老蘑菇"的棺木赞叹了一番。酒足饭饱人散尽，天已经黑尽，深秋的夜风从伙房后门吹进来，凉冰冰的。天井原先只有一盏白炽灯，"老蘑菇"白天让老赵又多加了一盏。夜晚，两盏白炽灯一起亮起来，天井被照得雪亮。那口绑了红绸布的棺木醒目地横在那里，"老蘑菇"背着手站在那口棺木前，我和我妈正在收拾碗筷，我妈见状，放下手里的活儿走过去，然后我也走过去了。我们三个人站在棺木前，谁都不说话。我心里忽然腾起巨大的悲怆。我们骨肉相连的三个人，有一个必定要走在另外两个前头，和眼前这口棺木一起埋入泥土深处，永远告别这悲喜往复的人间。我平生第一次感到死亡离自己如此之近，它就在眼前，虎视眈眈而又充满悲悯地看着我们三个人。

"早年，南屏人从没把我们当人看，他们叫我们'吃玉米的'。我们山区缺水，没有水田，种不了水稻。""老蘑菇"忽然说，声音打着颤，"我们只能种玉米，长年累月吃玉米。大米在山区人眼里跟金子一样金贵，只有大年三十晚我们才会买几斤大米煮一顿大米饭吃，送除夕。南屏人知道我们山区人稀罕大米饭，他们知道的，叫我们'玉米人'，瞧不起我们山区人的。"她说着，清了一声嗓子。我妈在旁边又开始深深吸鼻子。

"奶，你该睡了，夜了！"我上前扶住她轻声说。她走近棺木，轻轻抚摸，"我哪儿也不去，这就是我的床！"她说。

像一种庄严的仪式，每天默站在那口棺木前，成为"老蘑菇"日常的一部分。

"她不怕吗？"我妈对我嘀咕。

"你怕吗？"我问我妈。

"你怕不怕？"我妈却反问我。

我想了一会儿，觉得怕，又觉得没什么可怕的，不知该如何回答。

"我是不怕的！"我妈边剥手里已经晒干的水瓜边说。这水瓜剥掉外边那层薄脆的皮后，拿来洗碗是极好的。我妈一直很瘦，眉间有一道深深的竖纹。"老蘑菇"虽然比她老二十几岁，但整个神情看起来要比她舒展和饱满得多，她一直活得懦懦的。我能理解她。"老蘑菇"即便想死过两回，终究也没死，她的婚姻再不好，终究也是有个男人在身边陪着过了大半辈子。而我妈从我八九岁开始，便成了不清不楚的"活寡妇"，漫长的孤寡之路，多大的辛酸与悲苦只有她才懂。

"小妖，我只担心你，我日后走了你便没人可依靠了，人总得有点依靠才能在这世上活下去。要不是有你，我哪能熬得这么长久。"她说。她这辈子眼见"老蘑菇"婚姻的破败,又经历自身婚姻的孤苦,对于我选择一个人生活,她并没有任何怨言。

"你和我奶怎么整天老琢磨这些事情?有吃有喝的,整天想那些虚的。"我说。说完我从她的身边走开。我怕她再说出什么更离谱的话来。

夜里,下了一场雨,雨滴铿铿锵锵打在玻璃上,空气冷了下来,我觉得有些冷,便起来想加一条毯子。透过没拉严的窗帘,居然看见窗外有一片白光。走过去一看,白光是从天井漏过来的。我看见我妈披着棉衣站在天井里,面朝那口棺木。一直到湿冷的空气咬着我裸露的脚腕,我才回到床上。

我把湿漉漉的脸深深埋进枕头里。

三

农历十月初十是南屏的丰收节,其实就是个庙会,后来又成为南屏的女儿节。早年南屏人还没像如今这么多人往外走时,每年丰收节这天,家家户户按人头交钱,每人五十块钱,交给组织人采购晚饭的饭菜,下午五点准时在南屏的晒谷场开饭。晒谷场的边上有一座装饰得富丽堂皇的红瓦庙宇,总共就一间屋子,挺大,外墙上半截涂成赤红色,下半截是金黄色,里墙贴有白色瓷砖,四个翘起来的檐角蹲伏镀金麒麟,口含蓝色滚珠。庙里供的是慈眉善目的观世音菩萨,她的玉净瓶里插一枝镀了金粉的杨柳枝,寓意上求佛道下化众生。丰收节这天,女人们在庙里烧旺火盆,将秋收的新米、瓜果、鸡鸭鱼肉、糖果、饼干供上,人们排着队进庙里点香上香。我小时候还见过请道公来敲锣打鼓诵唱经文，感恩菩萨庇佑，南屏才有今日之丰收。后来老的那一帮组织者老去，组织者变成年轻人，年轻人可不喜欢那套庆祝法，他们把自家的音响拉出来，装了几只话筒，放卡拉OK。吃完晚饭就唱卡拉OK，活活地办成一场村级晚会。那些嫁出去的南屏女儿特别希望能回来参与丰收节的庆祝活动，于是去求组织者。年轻人没有那么多忌讳，答应了，且把仪式搞得很隆重。他们上街去买烫了金的邀请函，挨个送到南屏女婿家里，郑重邀请南屏女儿回来参加丰收节。这对于南屏来说，其实就是一个真正的团圆节。因为出嫁的女儿每年也就大年初二和农历七月十四中元节这两个日子回娘家过节，如若娘家也有嫂子或弟媳，家里的兄弟也是要陪媳妇回娘家的，这等于姑嫂其实是分开过节，团不了圆。而丰收节这天，南屏的出嫁女们回来了，兄弟的媳妇也在家，一家人圆圆满满坐在晒谷场上吃饭，这才是真正的团圆。后来这丰收节便演变成了南屏的女儿节了。

  如今南屏人游走四方，但庙会还是要赶回来过的，这是对土地、对生养之地的感恩，你在外头钱包再鼓，也得晓得感恩，不然会被南屏人骂为牲口。人不知道感恩，和牲口有什么区别？而租住在南屏的五湖四海的租客们，也愿意凑热闹，交了钱来凑一桌人，也等于和南屏人多了一个交流、融入的机会，日后更好做事。庙会的热闹一般从中午开始。住在城里的南屏人开始陆陆续续回到南屏，晚饭的菜品也采购回来了。男人们开始从庙宇附近的人家拉来水管和电线，在庙宇门口架起几口大锅。不用煤气，用柴火，用最古老的方式烹饪饭菜来祭奠南屏的古老节日。女人们一大早就回来了，把庙宇里外都擦洗干净，香炉里的旧炉灰也换掉了。这时候家里的老人便会拿庙宇里的一小撮炉灰，缝在一个小小的红布包里，给在外闯荡的儿孙当护身符带在身上。早年，"老蘑菇"也给我缝制过一个，我提醒她，我们目前和南屏没关系，她便脱下鞋追着打我。女人们不仅清扫庙宇，还在屋里屋外张挂了五颜六色的长条彩纸，是锡箔纸，闪闪发亮的。小红灯也挂上了，整个庙宇张灯结彩，打扮得跟新房似的。女人们忙完庙宇里的活儿，便开始淘米洗菜，整理饭桌和碗筷。一般饭桌是租来的，大街上专门有租做酒席用的桌椅，早先还有碗筷，后来流行用一次性碗筷，实惠又不用担心摔坏了要赔偿。晒谷场上从中午起就开始将桌椅摆开了，庙会的酒席，比南屏任何一户人家的红白酒席都要大。庙会是整个南屏人家都参与，而红白事一般都是按巷子来参与，红白事在哪条巷子办，哪条巷子的人家便自动前往帮忙封礼包。南屏整个偌大的晒谷场，挤挤挨挨铺排满了桌椅，那场面非常磅礴。

掌勺的一般都是成了家的男人，一口大锅在庙宇门口摆开，猪是破开肚皮掏干净内脏后整只炖煮，因为拜祭时是要全猪的，鸡鸭也一样，都是去了内脏后整只炖煮。用最原始的方法烹饪，清水炖煮，调料是不允许放的，只有祭拜过后二次烹饪才能放调料。中午十二点鸣炮后开始祭拜，从县城回来的男女老少在庙宇门口排队等待进入庙宇。一般是一家一家进去拜祭。有的人家儿孙多，儿孙又有了家口，十几口人浩浩荡荡进入庙宇，老人在前，儿子孙子跟后，女儿和媳妇接着，整整齐齐排成几排，跪拜磕头。这是南屏人最快乐的时候，庙里通常会站着几个爱闹事情的人，看见你的头磕不下去，磕得不好看，他们便按住你的头，咚咚咚往水泥地上碰，简直是撞，三个头磕下来，额头红了一片了。而到了这个时候，最难堪的要数我们家了。连那些来南屏租住的外地人家口都比我们多。我们三个人势单力薄地进入庙宇，"老蘑菇"在前头跪下，我妈挨她脚跟跪下，我又对着我妈的脚后跟跪下，横看竖看每一排都是一个人，爱闹事的人对着三个孤寡女人也闹不起来了。人们一下子变得安静起来，看我们三个各自磕了三个头，然后我妈先起来，上前扶"老蘑菇"，接着我也起来去扶她。我们仨像从刑场上走下来一般。

有好几年我一直不愿回来，太难堪了，但一想到拜祭时只有"老蘑菇"和我妈，更单薄了，不忍心，又在那天急匆匆赶回来。于别人家而言，庙会是个团圆的快乐节日，于我而言却难堪万分。拜祭仪式结束后，男人们开始烹饪晚饭，菜一道接一道传到桌子上。到吃晚饭时，我们三个人又再一次难堪。别人都是一家子坐一桌，家口多的就拼成两桌。我们三个人坐在一张桌子上等着凑人数，十人才能开一席。往往等到最后，等不到一个南屏人，只好和老赵等这些来南屏的租客们拼桌。

自始至终，我们都融不入南屏。"老蘑菇"往往一言不发地吃饭，我妈给她夹炖得绵软的红烧肉，那一顿饭，她便只磨着这一口肉吃。

这次也一样。孤单地祭拜，孤单地坐席，默不作声地吃饭。夜幕落下来时，夜风吹起，晒谷场一边挨着南屏，一边是旷野，夜风从收割过后的旷野吹来深秋之夜的鲜冷气息。半玄月朦胧，月光被通明的灯火淹没了。吃过饭的桌椅被撤下，晒谷场中央燃起一堆篝火，年轻人把音箱摆出来，南屏庙会的晚会开始了。大都是年轻人唱歌。早先的南屏人守着南屏，没见过世面，拿起话筒站到人前扭扭捏捏地露怯，混过世界的南屏人如今拿起话筒落落大方了。有些年轻人甚至还打上领带，皮鞋是不穿的，显得过于正经、拘束，倒觉得土，他们穿运动鞋、船袜。领带正经，但穿着休闲，显得亦邪亦正的，倒有了藏不住的时尚感。我们三个人坐在人群中，挨在一起，不一会儿"老蘑菇"便说要回去睡觉了。她一向有早睡的习惯，她的习惯给我们解了难堪。我们绕过人群，终于将自己从人群中孤独地抽了出来。

南屏人都聚到晒谷场去了，村里的巷子静悄悄的，风隐隐地在巷子里游荡，将我们的脚步声带走。

"下露了！"我妈轻声说。

"那可不是！""老蘑菇"接着话，"过一阵子该立冬了。"

"也没事，地里该收的都收进家了。可惜了洼地那片芝麻，手脚一慢，全给老鼠祸害了。"我妈说。

"往年冬天，都会走个把老人。人老了，气弱，暖不了身骨，冬天就挨不过去了。""老蘑菇"说。

"奶，你别老想这些乱七八糟的，你还有年头要活呢。"我有些生气。

"这丫头片子听不得人说死，一说她就急眼了，跟要了她老子的命似的。急不急也得死，大大方方说有什么不好，死又不是什么见不得人的事情。""老蘑菇"哀叹起来。

回到家里，她又奔她的棺木而去。

出太阳的一天，我去了村外云南人老刘的花苗圃，想弄回点儿花苗种在厨房后头的空地上。我已经把那点儿空地锄好了，土疙瘩也敲得细碎。我妈还割回两捆干稻秆，放火烧后，将稻草灰均匀地撒在那片空地上沤肥，并淋上水。她说这些火灰可以肥土，还可以防虫害。

不知道她从哪儿弄来一株接骨木，先人一步种上了。"老蘑菇"骂她蠢，接骨木只有在三四月移种才能活得成。我妈讷讷地说："也许能活呢。"

老刘的花苗圃在深秋依然葱茏，四季都开的月季把苗圃弄得跟春天似的。我第一次见到月季有那么多种颜色，白、粉白、黄、粉黄、红、粉红……姹紫嫣红一片。老早以前我总分不清月季和玫瑰，看起来没什么两样，连叶子都一模一样。后来老刘教我一招，香味浓的是玫瑰，无味的是月季。我一闻，果真如此。月季开是开得妖艳夺目，却没什么味，真奇怪。老刘帮我整了两兜万年青，还有一把五颜六色的太阳花，两棵柚子苗。他说他们老家家家户户都种一棵柚子在门前，柚子叶能辟邪。我说南屏没有这些风俗。他硬塞给我。我带回家，在屋后忙活了一个下午，那小片空地便给折腾满了。我还打算在我临走之前给她们买只猫仔或狗仔，顶好是狗仔，我老觉得猫不那么可靠。我养过几次猫，每年开春猫叫春时，它总会为了奔赴爱情而弃我而去，弄得我伤心好一阵子。不过时间还长着呢，我还有整整一个寒假，如今寒假都还没开始。

大雪节气后，我妈就开始大扫除。"老蘑菇"又骂她蠢，越活越蠢、越老越蠢。只有腊月二十三这天才大扫除过年，哪儿有大雪就大扫除的。我妈说一天做一点儿，没那么累。她说累，让我猛然吃了一惊。在我的意识里，她仍然是我小时候的模样，可以挑一百斤的稻谷健步如飞，肩扛一袋化肥一口气上二楼，她是力大无穷无所畏惧的。而现在连大扫除她都觉得累了。我立刻真切意识到我妈老了，她再也不是我小时候的她了，如今她需要我站到她面前，挡住所有朝她而来的大大小小事情与风雨。我对她说："不用急着做，有我呢，到时我做。"她认真瞧了我一眼，说："闲着也没事干，能做一点儿好一点儿。"

"老蘑菇"趁一个空儿，悄悄对我说："你妈失魂落魄的，不知道冲撞了什么不干净的东西。"在"老蘑菇"眼里，家里只要有人不舒服、不对劲，她便说是冲撞了"不干净的东西"。所谓"不干净的东西"，无非就是那些臆想里见不到摸不着的"邪气"东西。我没搭理她，我所理解的"邪气"是人间烦愁与疾苦，看得见，而且质感冷硬如石头。

我妈从二楼做起，扫蜘蛛网，擦抹窗户，角角落落搜寻破旧的、已经用不上的东西，旧衣物、烂鞋子、磕破了口的瓶子、发霉的草帽等，小山似的堆积在地板上。她把这些旧物装进蛇皮袋里，让我拖到南屏的垃圾坑去扔掉。她这一举动又让"老蘑菇"吃了一惊，因为这些东西本来就是我妈积攒的，她平时当成宝贝捂着舍不得扔掉。二楼整理清楚了，一楼也一扫而光，然后她想把今年的旧炉灰换掉，"老蘑菇"拼死护着，呵斥她脑子是真有毛病，只有腊月二十三才能换炉灰，这是祖祖辈辈流传下来的规矩，不能坏。我妈便讷讷地收手，把放炉灰的祠堂擦抹得干干净净的。屋里屋外都打扫干净后，进入冬至，来了几个晴好的天气，阳光亮晃晃的，到了中午时，竟然暖阳如春。我在厨房后头种的那些花草头几天蔫蔫的，后来也慢慢支棱起来了，大冬天太阳花也无所畏惧地绽放。我种的多半是黄色和粉红色的品种，倒也把那点儿空地点缀得鲜亮，引来几只翩翩起舞的蝴蝶。我妈种的接骨木果然如"老蘑菇"所料，毫不犹豫死掉了，从根到尾，死透。

于是"老蘑菇"又骂她，不该在年末岁尾种这些不易养活的东西，如今全死光了，不吉利。"老蘑菇"把那些干枯的接骨木扯掉，引火烧掉了。

天真是太晴好了，人们一层一层脱掉厚衣服，那些租地种的外地人开始翻耕稻田晒田，年后就得种西红柿了。在南屏的传统里，开春是种早稻的，到了秋季再种晚稻，一年两季稻子。租户们不种早稻，种西葫芦和西红柿，收益要比一季稻子好得太多。田野外的忙碌犹如春耕。女人们则拆洗晾晒被套。我妈也把"老蘑菇"的被套拆掉了。"老磨菇"的被套是那种老粗土棉布，需要用针线和棉胎钉在一起。"老蘑菇"拒绝现成的被套和桑蚕丝被芯，觉得扎皮肤，盖不暖和。女人们把拆下的被套拿到老赵的池塘去洗，他砌的简易"码头"正式派上用场。我妈把棉胎搬到厨房后头的菜地晾晒，她用竹竿和两把高背椅架起一个简易的晾晒架子。那棉被又薄又硬，可是"老蘑菇"不让换，她说盖几十年了，还很暖和，别的盖不习惯。她让我拿根棍子不断拍打棉胎，说是要把胎心拍蓬松了，才能吸收更多的阳光热量。

我妈也把被套挑到老赵的池塘去洗了。晚上，她把自己的棉被搬到"老蘑菇"床上，母女合一床被子盖，睡了一晚。无法想象一对老母女睡在一起是什么感觉，我走进"老蘑菇"的房间，她的房间老有一股艾草的气味。她将一小捆晒干的艾草放置在床底下，说是能除潮祛秽气。她房间里有两件从她结婚起就一直伴随到如今的老物件，一件是雕花木床，一件是一个五屉衣柜，古色古香的，据她说是结婚时在山上砍木头做的，真正的原木。后来从山里搬到南屏，她也一路扛出来了。衣柜的门脸和床的前头栏杆上雕刻有精致的花纹。那张床很大，五个大人完全可以睡得过来。她们母女俩并头睡在一起，"老蘑菇"在外头，两个人把棉被拉到下巴处，灯光下是两颗花白的脑袋和两张皱巴巴的脸蛋。见我进来，"老蘑菇"竟然有些羞涩地笑了。大概和女儿睡觉是每个母亲一生都不会嫌弃的事情吧。

"你要不要上来？够睡。""老蘑菇"朝我眨眨眼，在里侧的我妈也盯住我。

"我才不！"我说，是真心话。我羡慕她们躺在一起的安然，但我和我妈的关系，远不如她和"老蘑菇"那样好。她们一辈子都没离开过对方，像形和影相随，她们在彼此的眼里就是另外一个自己，对彼此了如指掌。而我和我妈之间，倒像时时都有一层看不见的隔阂，有时候我并不能了解她的所思所想。我坐在床头的背靠椅上，和她们聊了一会儿天，聊过年该备置哪些年货。我建议换掉大堂的壁柜，那壁柜太老旧了，有一扇门还坏掉了离合，老是关不拢。她们母女俩不约而同地说"不换"。我顿了一下，说："这个钱我出，不要你们出。""老蘑菇"在枕头上咧嘴一笑，偏过头去对她女儿说："你这娃倒没算白养，将来能给你养老，就是不把我们老东西放在眼里，老觉得我们衣兜比脸干净，要靠她吃穿。"

"我也给你养老！"我说。

"我有女儿，不用你给我养老！"她说。这话把我给噎住了。

"你女儿也老了。"我又说。

"只要她在我身边，就算是给我养老了。你整年在外头奔，一年不着家两次，怎么给我养老？等我咽气了，你能回来给我上一炷香火就满足了。"

"奶，我也要找口吃的嘛！"我伤心地说。我明白她的意思，陪伴，她需要这个，我妈应该也要的。我妈可能更需要，年轻守寡，孩子成年后又离开了她。"老蘑菇"则幸运得多，六十多岁才成寡妇，而她的孩子终身陪伴左右。

"这个家缺你一口吃的吗？""老蘑菇"撇撇嘴。老家伙一向这样，一针见血的尖刻。

我怏怏然地坐了一会儿，"老蘑菇"就催我出门了，她说她的睡点到了。

第二天是个阴天，气温也下降了，我妈在厅堂铺了张席子，给"老蘑菇"缝被套，而她的被套还没得拆洗。"老蘑菇"盘腿坐在被子上，开始诉说她昨晚又梦见她妈了。她说天下着雨，她妈淋得湿透，还是追着她跑，说要告诉她一件事情。但她太害怕了，她妈一身的白，那张脸白得跟面粉似的。

我妈手一哆嗦，针就扎进指头里。她将渗出血珠的指头含进嘴里，瞪着眼瞧她妈。

"她没告诉你什么事情吗？"我妈问。

"我哪里敢停下，她像个鬼一样追我。""老蘑菇"说，很委屈。

"她不是鬼是什么。"我妈小声嘀咕。

我觉得实在无趣，离开了她们。我还没走出大门，"老蘑菇"便叫住我。

"干吗去？"她朝我嚷。

"你们谈你们的生死鬼神，我不愿听，我走还不成？"我说。

"你陪我去一趟洼地！""老蘑菇"命令似的。我和我妈快速地对望了一眼。

"干吗去洼地？"我转身回来。

"想去就去，我想看自家的地不行吗？"她理直气壮地说。我妈朝我轻轻点头。

于是我们三个人出发去洼地。

洼地在南屏北面，那是一片旱地，以往种甘蔗，和南屏中间隔一片宽广的稻田，有一条沿田路通往洼地。洼地的地势比南屏低，因此叫洼地，但并不积水，因为洼地往下也是一片稻田，但那里已经不属于南屏了，是另外一个村庄的田地了。洼地土质贫瘠，种什么都歉收，遍地长满苍耳——一种枝丫上长满指头大小球状刺果的植物，它的刺很坚硬。小时候这片地还种甘蔗时，每年冬天收甘蔗，小孩们也跟着疯跑，一天下来衣裤和头发上粘满了苍耳，衣裤上的还好摘除，粘在头发上就要命了，几十根上百根头发缠绕一个刺球，怎么扯都扯不清，只好一剪刀下去做个了断。那段时间，女孩子的头发总像被老鼠啃过，长短厚薄不一。洼地种耐寒的甘蔗也不行，老鼠祸害得厉害，整片甘蔗被咬得东倒西歪的。后来又种了一阵子木薯，也不行，木薯虽然结在地下，但老鼠天生会打洞，木薯在地下多深都会被老鼠挖到并吃掉。南屏人便渐渐放弃了这片庄稼地。并不是不要，而是不再种庄稼，就撂荒了。洼地其实非常宽，南屏每户人家都有一两分地在那里。没错，家家户户都有，因为南屏所有在家里去世的人，都要埋在洼地——自家的那部分地里，洼地实际上就是南屏人的坟地。

我家当然也有两分地在那里，只是一直到现在，我们家的地里还没有一座坟墓。我妈在那里种了些芝麻，也被老鼠咬光了。

风低低地吹过田野，夹杂着泥土翻新的潮湿气息。有几辆机耕牛在犁地。早先南屏是养牛犁地的，后来机械化了，牛犁地渐渐退出南屏人的生活舞台。南屏有很多女人会驾牛犁地，20世纪90年代初男人外出打工，家里轻活儿重活儿全落在女人身上。我妈当然也会。每到农忙时节，田野上回荡的都是女人挥鞭赶牛的吆喝声。"最牛不过南屏女"，当时整个县城就有这样一句流行语，见证南屏女人的强悍与能干。后来机耕牛犁地，一部拖拉机一天能犁几十亩。收割也机械化了，再也不用全家男女老少出动，日夜挥舞镰刀十天八天才收割完，还累个半死，收谷机一个早上就能收割南屏一半的稻田……冬夏往复，四季轮回，而在南屏，有些事情注定成为永恒的记忆，再也回不去了。

已经逼近年底，田野上很少见到人们的身影，大家也开始忙年了。遥远的天际掠过一只飞鸟的影子，很快便消失在铅灰色的天空中。"老蘑菇"戴一顶深褐色的毛线帽，细碎的白发从帽檐下漏出来，迎风轻轻飘动。她背着手和我妈并排走，我走在她们身后。我妈照例一身棉衣棉裤，衣服臃肿，但也能看出她消瘦的身形。她拿着一把镰刀和一只蛇皮袋。"说不定还能收割回一些好的芝麻。"临出门时，她说。我们走在田边路上，谁都不吭声。这条路，是通往洼地的唯一的路，南屏所有的逝者都要从这条路去往最后的安息之地。

"我很多年没回玉安了，看来是我妈责怪我了。""老蘑菇"忽然说。我望着她的后背，她脑后的白发从帽子底下伸出来，从衣领露出的一截脖子皮肉皱巴巴的，她已经很老了。这么老的人提到自己的妈妈，让人感觉辛酸。玉安就是她和爷爷的老家，一个镶嵌在大石山中的山区村子，"老蘑菇"的先人（当然也是我的先人）全埋葬在那里。

上了年纪后，农历三月初三扫墓她再也没回去过，她担心像爷爷一样，忽然就死在老家那里，尸首都回不了南屏。

"我们平时上香烧纸钱他们也收得到的。"我妈安慰地说。

"哪能比得了到坟头上香火，见着坟墓才算见着人。""老蘑菇"说。

"要不年后让小妖回去一趟，在阿海家上香也是可以的。"我妈说。阿海是"老蘑菇"弟弟的小孩，如今还住在山里。每年"老蘑菇"生日，他骑摩托车带他两个孩子前来祝寿，"老蘑菇"会给他一点儿钱，嘱咐侄子年节时帮她买点香火纸钱给祖先烧去。

"净胡扯！""老蘑菇"说，"小妖能代替我吗？我妈可不认得小妖。"

我暗松了一口气，"老蘑菇"若也有意让我去，我是不会违逆她的。可那地方于我而言，和陌生之地没什么两样，我的根脉是在那里，但我已经离得太遥远太遥远了。

"我可以代你去。"我还是说了一句违心的话。

"老蘑菇"就停下来，转过身认真看我一眼。什么也没说。转过身又继续走。越过一大片空旷的稻田，地势渐渐变低，我们走进了洼地。遍地乱草，在乱草中忽然有一小片杂草高于地面，那就是一座坟墓。铅灰色的天空下，洼地很沉寂，微风吹拂，多半已经枯黄的杂草窸窸窣窣地响。我们小心地穿行在杂草中。稻田和洼地有一条水渠相隔，水渠早已废弃不用，因此也长满了杂草，没到人的膝盖处。中间有一道明显凹下去的小路，也覆盖杂草，比周边的杂草要长得矮些，那是每年农历三月初三被来洼地扫墓的南屏人踩踏出来的。整片洼地没有一棵庄稼，在杂草中，偶尔会夹杂几棵木薯，那些是早年种了没得收遗留下来的。年年长，与万物生，与万物灭。在杂草丛中，有时会露出半块砖头，那是地界的标志，不然一片无边野草，都不知道地和地之间的边界在哪儿。

到了这里，我妈就走到前头去了，"老蘑菇"应该也是记不清楚我们家的旱地在哪里了。走着走着，"老蘑菇"忽然停下来，望着我妈渐渐往前行去的背影。

"怎么了？"我问她。

"你妈……"她欲言又止。

"我妈怎么了？"我问。

"我老觉得她的背影很像谁，她走路时的后背，像谁，脚步也像。"她说。

"我妈还能像谁，不就像你吗。"我说。

"我又没见过我的后背，怎么会知道她像我。"她说。

这时我妈已经走远了，大概没听见身后的脚步声，她停下来，扭头看见我们站着没动。"干吗？"她喊了一声。我们朝她走过去。

我们家的旱地，我当然来过，那是很多年以前了，大概知道位置，但并不确定具体在哪里。直到快走到洼地与外村的地界，我妈才停下来，拿着镰刀指着一块也长满杂草的两分大的地说："到了。"在杂草中，我看见稀稀拉拉地长着芝麻，已经枯黄了，细条条地立于杂草间。"老蘑菇"大概累了，在杂草中坐下来。我妈用镰刀割掉"老蘑菇"身边的杂草，给她腾出一片平坦的地方休息。我钻进杂草中，把那些还没被老鼠咬断的芝麻秆折了，堆放到"老蘑菇"脚边。

"能有一碗半碗的就够过年了，摊年糕时要用的，不然只能用碎花生，芝麻可比花生要香得多。"我妈说。"老蘑菇"叫我妈把地里的杂草割掉，她说要看看地有多大。我妈便蹲下来开始割杂草，我把她割下的杂草堆到一起。

整片洼地，只有我们三个人在。偶尔，不远处的杂草中飞出来一只灰不溜秋的鸟儿。我妈说那是麻雀，她割草惊起很多昆虫，一蹦老高。有些是我小时候常拿来烤着吃的，烤熟后略带一点儿咖啡的焦味，嚼起来很香。我妈忙活了大半天，好歹把整块地的轮廓给整出来了。"老蘑菇"顺着地界慢慢转了一圈，我和我妈静静瞧着她，她朝我们笑笑，说："现在我们是三个活人站在这里，有一天我们三个人也要躺在这里了，这块地够我们三个人躺了。"我妈闻言，满脸忧虑地看我一眼。"小妖，你不结婚也成，婚没什么好结的，但你得有个孩子，将来我和你妈死了，孩子能陪你，给你送终。不然你死时连个给你摔火盆的人都没有。""老蘑菇"又说出更令人担忧的话来。

"瞎说！不结婚哪里来的孩子，你净调教孩子些荒唐的。"我妈白了"老蘑菇"一眼。

我妈带来了打火机，我们把杂草堆周边的地整干净，以防止火蔓延出地界，便点燃了那堆庞大的杂草。火苗一蹿老高，驱散掉荒地里干冷的气息。枯枝在火堆里噼噼啪啪作响，腾起来的白烟升向天空，很快便消失在灰蒙蒙的空中。我妈拿根棍子压制旺盛的火焰，担心野风把火苗吹出了地界。周边全是茂盛的干枯野草，烧起来不会有扑灭的机会的。我和"老蘑菇"远远地坐在火堆边上，暖烘烘的气浪朝我涌过来。

"老蘑菇"心满意足地看着燃烧的火堆,忽然小声地对我说:"我想起来了,你妈的背影像我妈!"

棺木买了,洼地整理出来了,这两件事让"老蘑菇"非常开心,在渐渐逼近的年根里,给我妈罗列出了一张清单,上面有新的香火炉三个,一个大两个小,要把陈年的旧香火炉换掉。"家门往年都没贴对联,因为这是男人干的活儿,我们家没有男丁,但今年无论如何都得买一对贴上,人家有的,我们家也要有。可以在老赵回山里过年前请他帮忙贴上,这点儿忙他总肯帮的。烫金的福字也得买几张,像人家那样倒着贴,叫'福到'。鞭炮也要买,我们家多少年没放鞭炮了,今年大年夜也要放,你们不敢点由我来点。谁规定一定得男人才能点鞭炮的,纯粹是糊弄人。碗筷要重新置换一套,乔墨,你不要老想着省钱,该换的要换,别舍不得,这些钱我有。"她对我妈说,脱口而出叫我妈的小名。这个别扭的名字是我爷爷给起的,不叫什么红呀花的,以显示自己是个文化人,与众不同。

我妈飞快朝我看一眼。

"你也要换一身新衣服,你多少年没买新衣服了,别省着,你还有妈,这些钱我也给你。还有,你给我买一双短款的防水鞋,葵花奶穿的那种,但我不要黑色,我要紫色的。糖果饼干买上几斤,别像往年只买一二两,多了看着喜庆,过年就图个好看好心情嘛,过日子该松时要松一些,省下那几个钱也发不了财的。明后天我让小妖去把我今年的养老金领出来,够花的,过年其实也花不了几个钱。""老蘑菇"继续交代。我妈越听脸越难看,在她看来,她妈无疑是"人之将死其言也善"。但"老蘑菇"分明还好好的,连个头疼脑热都没有。

接下来便到了小寒，南屏那些租户陆陆续续回老家过年了。这几年由于疫情，政府鼓励在当地过节，有些租户已经好几年没回老家，今年疫情管制放开，人们归心似箭。刚过小雪节气，南屏就渐渐稀落了，外地人小包大包携儿带女陆陆续续离开。老赵家在本县山里，并不算远，他打算腊月二十九才回去。我过去邀请他，腊月二十三让他全家来家里一起吃饭，那天是小年。他答应了。

我们开始碾新米，大米和糯米都要碾好，糯米拿来做年糕和包粽子，大米则在年初一用来煮饭吃，这是风俗，新年要吃新米。小年时"老蘑菇"的侄子阿海会送来两只散养的玉米鸡，每年都送。我妈会给他一袋大米带回家过年。他们山里如今早就不种玉米了，种山笋，不只他们村种，那片山都种，一种食用山笋，每年开春由政府联系老板前来收购，效益要比种玉米好得多。新米和各种年货备整齐了，我妈还在烦愁，她一直留意天气，天一直阴沉，而她的被套还没洗，得洗干净才好过年。这些夜晚，她们母女俩一直一起睡。到了小年这天，大清早的，竟然有一抹柔亮的光线打在窗户上，显然是出太阳了。我还没起床，我妈就来拍房门，她说让我起床后煮点儿面和我奶先对付着吃，鸡蛋在碗柜里，鸭蛋也有。

"你奶不爱吃鸭蛋。"她在房门外说，"我得赶紧去洗被套。我让老赵下午两点过来杀鸡，做晚饭。"接着我便听见她下楼去的脚步声。

过后我一直深深自责，我应该起来开门给我妈，让她面对面和我说上话，让我们在人间见彼此最后一面。那天晚上我睡得不好，一直感到莫名的燥热，把毛毯掀开，只盖一层薄被子，还是热，只好把脚伸出被子外，这才安睡过去。可过不了多久，我又被冻醒了，赶紧把冰凉的双脚缩进被子，加盖了毛毯，很快又燥热起来。就这样反复折腾，直到将近黎明才又睡过去。我妈在房门外和我说话时，我其实还没醒透。后来我也起来了，"老蘑菇"正打扫厅堂，我洗漱后进厨房煮面条。打开厨房后门，外边很白亮，是个好天气，柔嫩的冬日阳光照亮万物，没有风，很干燥暖和。

我把面端给"老蘑菇"时，她喃喃地说："你妈早上也没吃，她低血糖，挨不得饿，会犯头晕的。"

"我妈有低血糖？我怎么不知道？"我说。

"你一天到晚在外边蹦，那里晓得你妈痛痒。"她白了我一眼。

我朝大堂望了一眼，说："她叫我们先吃，一会儿就回来的。"我们便各自捧着碗吃面，是那种有手柄的奶锅。"老蘑菇"要求家里人吃饭时饭碗一定要捧在手上，不然她的筷子就要敲打到你手上了。吃完面条我妈还没回来。我拿出昨天她割回来备着包粽子的松叶，一张张擦洗干净，又烧水烫了一遍，拿到厨房后的菜地里晾晒。一直到差不多十一点，我忽然接到老赵给我打来的电话。

他清早看见我妈在池塘边洗被子，他出去转了一圈田地，又夯实一段田埂，回来只见简易"码头"上的水桶和被子，我妈却不见了，他觉得奇怪，下到"码头"一看，看见水面下久不久冒出一串水泡，吓得脸都白了。他只来得及把手机往地上一扔，连人带衣服就跳到池塘里。

我奔跑在平坦的水泥道上，摔了好几次跤，双脚老是相互打绊。我也没哭，脑袋一片空白，盲人瞎马般奔跑。

老赵将我妈平放在池塘边上，那里已经站着几个人。我妈浑身湿淋淋的，一缕花白的头发贴在她的额头上。我一下子朝她扑过去。

"老赵，打电话，送……"话还没说完，我便感到胸口像被人凶狠地给了一拳，撕心裂肺般干呕起来。

第二天下午四时，我妈就下葬了，她躺在"老蘑菇"的棺木里，葬在那片前些天她亲手整理干净的洼地里。我跪在忽然冒出来的高高的新鲜土堆前头，觉得一切如此虚幻，不仅梦是虚幻的，现实也可以像梦一样虚幻，现实有时候简直跟梦一样。昨天早上我妈还在拍我房门，还在房门外呼唤我的名字，而今她却已经回归泥土，我们变成了两个世界的人，阴阳相隔。我成为彻头彻尾的孤儿，再也没有了妈妈。我妈的房间被整理空了，按照习俗，逝者生前所用的任何个人物品，全部要焚烧掉，这样它们才能跟随逝者前往另外的世界。房间很干净，几位好心的外地大姐帮我整理的，她们将我妈的衣物等物品挑到一个岔路口烧掉了，床板也拆掉了，搬到偏房里。里面什么都没有。我将灯点亮，让它彻夜亮着。我妈的房间挨着"老蘑菇"的房间，我妈不在之后，我便把我的被子搬下来和"老蘑菇"一起睡了。她晚上老起来，磨磨蹭蹭走到我妈房门口，站在那里朝空房间张望。有时候会自言自语："人呢？上哪儿去了？"

这个年我们没有过。我和"老蘑菇"白天烧一盆火，围火相对而坐。其实外边晴空暖阳，阳光白亮得刺眼，而我们却像害冷似的烧着火盆。那些备下的年货堆在壁柜上面，我们没有动任何东西。白天我们就那样坐着，饿了去煮两碗面条吃。"老蘑菇"始终一言不发，也没有眼泪，但明显能感觉到她的精气神全涣散了。我们伸着手烤火，她有时候会握住我的手说："乔默，你的手还白嫩呢，一看就是个好吃懒做的，没有我你还不得挨饿嘛。"

我没纠正她，只是双目瞬间潮起来。到了大年三十那天，天终于阴沉下来，气温骤然降低，还飘着零零散散的冷雨，总算有些腊月的样子。南屏静悄悄的，外地人全回去了，至少初七初八才回来，有的甚至要过完元宵节才返回。不过今晚那些住在县城里的南屏人会回到村里，午夜准点在自家门口放鞭炮，然后再返回城里睡觉。我们一直坐着烤火。老赵今早回山里老家前，帮我们杀好了一只鸡和一只鸭，鱼也收拾干净了。他说初五就回来。我谢了他，给他的两个孩子包了红包。我们还是只煮面吃，晚上将门窗关紧。屋外有冷风吹，拍打着玻璃窗，雨也一直在下着，不大，像雾一样飘。我起身去厨房拿木头，抱木头回来时，看见"老蘑菇"戴一顶大斗笠站在火盆旁边，手里还拿着一顶。

"奶，你要干吗？"我轻声问她。

"接你妈去，下雨了。"她说。她的脸笼在斗笠罩出的阴影里。

"去哪里接？"我胸口一痛，哑着嗓子问她。

"戴上！"她将手里的斗笠递给我。我在火盆边放下木头，接过斗笠。

我们出门了。南屏静悄悄的，有些人家亮着灯火，有些则黑灯瞎火地紧闭家门。那些亮着灯火的，往往是从外地返回来过年的南屏人。我们越过那些人家，沿着巷子出了南屏。村外的空气很湿冷。我靠近"老蘑菇"，扶住她的胳膊。还好，她穿得很厚实，毛线帽也戴了。我们沿着水泥路走着，雨嘀答嘀答敲打在我们的斗笠上。

"奶，要去哪里？"我不安地问。

她没吭声，只是走着。她的脚上穿着我妈买的防水靴，紫色的。风好像大了起来，听见风声一阵阵吹过，扑在脸上冷飕飕的。走了好一会儿，我们到达了南屏连接外界的那座桥，那是以往"老蘑菇"和我妈等我的地方。"老蘑菇"停下来了。周围很暗，但并不是很黑，依稀可以看见周围的一切。不远处的公路上偶尔会有一辆车飞奔而过，雪白的车灯像一把利剑刺破了暗夜。"老蘑菇"站在桥上张望了一会儿，朝桥左侧的石墩走过去，也不顾石墩湿冷，一屁股就坐下了。

我终于忍不住哭了起来。

"奶，你这是要干吗？"我哭着问，但还是朝桥右侧的石墩走过去，也坐下了。

夜风呼呼吹过来，雨簌簌而落。

（原载《青年文学》2021年第4期）

平安房

"弄好了？"

她靠在床头，见我进来立刻热切地问，声音轻飘飘的，像从很遥远的地方传来，听起来不那么真切。她实在太瘦了，一把枯骨戳得病号服棱是棱角是角，两只露在袖口外的手青筋毕露，闭着眼睛都可以摸到手背上凸起的柔软蓝色血管，那层薄薄的、干燥的皮肤之下，没有一丁点儿脂肪。奇怪的是她的脸并不怎么瘦，只是肤色变得黯淡了，像蒙着一层灰尘，不过脸部的线条依然可见的柔美。她今天抹了玫红色唇釉，油光水滑地缀在她的唇上。主治医生没说什么，我倒是希望他说点儿什么，但这位年轻过头的医生沉默不语。我知道，没有必要阻止她做任何事情了，因为没有任何意义了。

我在床边的椅子上坐下来。她今天看起来精神不错，这使我稍微安心了些。前天夜里，她被疼痛折磨得一夜无眠，止痛药对她已然失去了作用。她倒是能忍，两只手紧紧揪住床单，脸涨得通红，却一声不吭。

"你确定要去那里？"我疲惫地说。她所遭受的折磨，同样折磨着我。她目不转睛地盯住我，眼里的执拗让人受不了，仿佛我欠了她多大人情似的。

"弄好了。"我只好说。

胃癌晚期，复发，五年前她做过一次手术了。这次她没考虑做手术，医生也不建议化疗，只开了些汤药，提高免疫力，外加每天打点滴，补充体能，还有一些止痛药。目前对她的治疗仅此而已，也只能如此，癌细胞已经扩散了。在她睡过去时，看着近乎缩小一半的她，我常常不由自主地陷入想象：那些癌细胞一定长着一排锋利的獠牙，不断啃噬她的骨肉……

前阵子，她不知从哪个病友那里得知一个名叫古窑的村庄，就在城市的边上，那里有一种叫平安房的房子出租。从那时起，她就不断和我说平安房，尤其是这阵子，她被疼痛越来越频繁地折磨后，想去平安房的念想就越来越强烈了。我一直找各种借口搪塞她。她开始背着我把汤药倒掉，还故意拔掉点滴瓶的针头。她做这一切时心安理得的，被我抓住了，她不好意思地笑笑。我只好去了。

古窑村确实挨在城市边上，过个三五年也许就会被规划进城市里了。城里的13路公交车把我送到了一个公交车站，司机指着一条公路边上的岔路，告诉我沿着路走到尽头便是。路挺好，水泥路，两边全是种植香蕉的田地，很有规模，应该是规划种植的，香蕉下的杂草被除得很干净，也不套种其他作物，已经结的香蕉坠子套着防护网袋。一路往里走，不断遇到迎面出来的私家车，也不鸣喇叭，卷起轻微的灰尘一溜而过。二十分钟后村子出现在水泥路尽头。没什么稀奇，就是一个常见的普通村庄，不过风景倒挺好，村子被包围在一大片香蕉地中间，村子前还有一条宽敞的河流，它应该是绕城而过的右江的分支，因为它比右江要小不少。

这条阳光下波光闪闪的河流，让我的心颤动了一下。

村里的房子大多是两层楼，外墙撒上起装饰作用的红褐色米粒石子，这是20世纪90年代乡村最为流行的楼房外墙装修风格，可见这个藏在香蕉林中的村庄并不寒碜。村里很安静，连一声狗吠都没有，几只毛色光滑的公鸡在路边闲散踱步。香蕉林、河流、阳光、安静的村庄，这一切让我几乎走神，直至看见那些楼房门板上挂着的方方正正的小蓝色木板，上面是三个工整的楷体黑字：平安房，下面是一串电话号码。

我被这三个字震慑了，犹如看见"太平间"这几个字。我无从知道这个村庄何以会出现这种房子，专门出租给那些无药可救、回天乏力、不愿待在医院等死而又不方便安置于家中的临终病人，在这里挨个十天半个月，也可能会稍微再长一点儿，待人一走，殡仪车便直接入村从这里把人拉去殡仪馆。听起来很不可思议，谁会愿意待在别人的房子里咽掉人生最后一口气，谁又会愿意让陌生人死在自己的家里。然而不管多么匪夷所思，它却如同这阳光般真实存在，并且还起了个和"太平间"如同姊妹般的名字。

在村里走着，碰不上什么人，最后我在村庄最末的一栋二层楼前站住了。也是一栋看起来平淡无奇的二层楼房,差不多挨在河的拐弯处,与河流只隔一片菜地。我平静地打量这栋楼房以及周围的环境,发现它的后面居然还有一棵桂花树,我便开始拨打门上的电话。朱红色的铁门几乎在一瞬间打开,简直像一扇魔法之门。

出来一位六十多岁的大叔,平头宽脸,看面相是个明朗和善之人,端着一碗冒袅袅热气的汤色金黄的热茶。他不慌不忙地把门全打开,屋里很干净,偌大的客厅只有一套藤条沙发和一个挂在墙壁上的超大液晶电视,电视开着,显然老人家正在看电视。屋里再无他物。前门和后门一打开,客厅就非常敞亮了,站在大门口便可望见后门外一小截鳞光闪闪的河面。

"找房子?"大叔声音很洪亮。

我点点头。

"进屋里来!"他说,朝我侧了身。

"你这房子真敞亮!"我赞叹地说。

"如今没人住了,我有两个子女,全在城里安家了,三月初三回来扫墓,大年三十回来上香,别的时候都空着。村里都这样,这一代的年轻人和我们不一样了,不愿意搞土地,村里的地全都租给外地人种了。你今天来得巧,碰巧我回来开开门透透气,平时我和老婆子都在城里看孙子,我有一对双胞胎孙子。这边看,是这间,我姓姚,叫姚叔就成。"他很健谈,噼里啪啦就把自家情况说透了。

姚叔给我打开大门左侧那间房的房门,我立刻被吸引住了,显然这间房是经过精心改造的。房间的另一头,也就是和客厅后门共用的那堵墙被打掉了,安装了一扇宽大的落地窗——可以推拉的玻璃窗,推开玻璃窗，可以一步跨进屋后的菜园里。卫生间也设在那个角落，挺宽敞。房间内空无一物。

"没有窗帘吗？"我望着空荡荡的落地玻璃窗问。

"有，拆下来洗了，有客人来才挂上，保证是干净的，消过毒。"

"还有其他什么生活用品吗？"

"没有了，我们不提供生活用品，全村都这样，来的客人家属自备生活用品，客人走后生活用品也带走了。没有谁会用别人的东西，人家忌讳的。"

我点点头。

"其实也不需要什么生活用品，一张床和铺盖，一些锅碗瓢盆就够了。尽量简单，一般都住不长久的。"他真诚地说。

我又点点头。

"是男客还是女客？"

"是一个姐妹。"我含含糊糊回答，告诉他确定租后会在两天内和他联系。

她很快让我办理出院手续，除了止痛药，拒绝再开其他药品。她坚持要带上遮阳帽，遮住她稀薄得能看见头皮的头发。她最近脱发脱得厉害，对此她不再像以前一样咨询医生了，慢慢接受了很多东西。我们在医院门口等待出租车，但司机听说要去古窑村，便拒绝了。我不忍心投诉司机拒载，毕竟去的是那样一个地方。我把轮椅推到路边人行道上的树荫下，一时半刻估计也打不到车。她安静地坐在轮椅上，近乎贪婪地看着眼前来往的行人与车辆。这个月份凤凰花已经差不多过季了，但也还有一簇簇鲜如烈焰的花朵盛开在繁茂的枝叶间。这条路两边都种满凤凰树，五六月份花季时，路的上空跟着了火似的，人在下面走，像头顶着一个火海。我有一会儿看见她直直盯住那团团火焰似的凤凰花，便问她要不要，她有些疑惑地看我。于是我沿着路边的花圃走了很长一段，捡拾一把落下来的凤凰花，绑成花束双手捧给她。她居然有些羞怯地笑笑。

"你看，暂时打不到车。"我说，尽量拖延去古窑村的时间。也许这一去，她再也没有机会看到这车水马龙、热气腾腾的人间了，她肯定也懂。我坐在人行道边的水泥凳上，就在她的旁边。此时阳光明亮，行人如常，我真希望这一刻就这样静止了：不管怎么样，我内心还是爱她的，也许爱得并不深，但肯定有。

她忽然朝我伸过手来，我立刻握住了，发现她眼里有泪光在闪，却不知该如何安慰，只好轻轻拍她的手背。

"你去找个车，费一点儿钱没事，我们的钱够用的。"她轻声说。我点点头。这次入院，她早早就把银行卡给我了，除了做检查花费点儿钱，实际上药费并没花多少，已经没有必要给她用什么药品了。她还叫我买些衣服给她，还有护肤品，除此没有其他花销了。她从未婚嫁，在这座城市里做过各种各样的工作，身边也总有男人陪伴，当然，都不长久。她没有固定住房，条件好些的男人为她付房租，或者给她点儿生活费，她的一生就这样过着，积攒下不多也不少的积蓄。

我越过马路，到医院对面的宾馆前去找车，那里有不少面包车承接接送病人的活儿，当然也包括运送在医院病故的逝者回老家。

中午时分，我们终于坐上了一辆面包车，不到四十分钟的路程，司机要了四百六十八块钱，并且坚决不给抹零，说是图个吉利。我有些愠怒地看着司机，心想人还好好的，怎么不吉利了？我欲辩解，她却拉了拉我的衣角。

古窑村有专门卖日用品的农家，我打电话给姚叔确定租他的房子时，一并让他帮忙先垫付买了，他比我更清楚需要什么东西。

到达古窑村时，我们运气不好，在村头碰到殡仪馆的殡仪车，几位家属正把蒙着白布的逝者往狭长的黑色殡仪车上抬，敞开的车后门正正对着我们的面包车。殡仪车把并不宽的村路堵住了，其实小心些也还是能过去的，但司机停下了，他告诉我们不必争这点儿时间。我们只好等。我小心地看了她一眼，她正透过面包车挡风玻璃窗目不转睛地看前面的殡仪车，脸上看不出悲喜。放了一阵短促的鞭炮后，殡仪车关了车后门，往里面开，在一处比较宽敞的地方掉头。在和我们的面包车擦身而过时，我抓住她的手，想给她一点儿安慰。她的手很冰凉，在轻微颤抖，但她还是平静地对我笑笑。

姚叔非常热情地接待我们，像在欢迎远道而来的亲戚，话说得极为得体，让人看不出他是在客套。也许他看过太多生死，对生命有了常人难以企及的体恤吧。她很高兴，竟然自己走起来，轻飘飘地挪着步子，朝姚叔敞开的大门走去。我扶着轮椅站在她身后，那纸片般弱不禁风的身影让我想起以前的她：叛逆，健壮，伶牙俐齿，从来不哭，不知廉耻，爱抢别人的东西。过去的她充满活力而又令人憎恨，但如果可能，我宁愿用眼前的她换回从前的她，我宁愿我们都安好活着，就算彼此充满憎恨，老死不相往来。

姚叔为我们选的生活用品非常合她的心意，漆成油亮琥珀色的矮小硬板木床，同色的凉席，一张淡紫色薄凉被整齐叠放于其上，淡黄色枕头看起来很柔软……落地窗的窗帘也已经挂上了，很厚实的深紫色窗帘，拉上可以让屋内黑得足以点灯。

"可以吗？"我问她。她坐在床上，目光透过宽大的落地窗：窗外明亮的阳光和葱郁的菜地无疑吸引了她，一切如此蓬勃。

"我没想到会是这个样子。"她笑起来。她已经在医院待了两个月，二人间的病房，已经接连走了两位病友，也许她早就烦透了那里。

"你睡哪里？"她环顾了一下房间，忽然问道。我立刻捕捉到她眼里一闪而过的恐惧。在医院陪床时，我租了折叠床睡在她床边，极为窄小的折叠床，每早醒来都腰酸背痛，并且早晨六点就有人来收走。白天实在太累，我就躺在她的床尾闭眼片刻。仅仅是闭目。挨着这样一具生命活力正在消逝的身体，是无法真正睡过去的。她有时候会很体贴地劝我出去透透气，但我真要走时，她脸上立刻就出现这种被抛弃般的恐惧神色，轻微一闪而过，但足以令我迈不开步子。

"有折叠床！"姚叔说。

我在心里哀叹，但并不抱怨，相比令人心情紧张的窄小病房，这个透亮宽敞的房间可以让人忽略掉任何暂时的不适。暂时的，没有错。

我查看房间各个角落，包括卫生间里姚叔为我们购买的洗漱用品。我实在害怕安静下来——这个房间，将是她生命最后的休憩之地，这个世界上她最后待过的地方。我在卫生间里几欲落泪，有些斑驳的镜子映出一张与她脸部线条颇为相似，有着严重眼袋的暗黄的脸。实际上，面对死别，也许我遭受的折磨并不比她少。我使劲吸了吸鼻子，走出卫生间。她已经靠在床上了，那床薄被被她垫在后背，尘埃落定般的安静。

姚叔仔细告诉我一些注意事项，包括厨房里家电的使用方法，然后把家门钥匙交给我，嘱咐我有事可随时给他打电话，无论什么事，只要能做他都愿意帮忙，不收费的。

"就你一个人陪吗？"他问我。

我想到母亲和大姐，但她们不可能来的。五年前她发现胃癌做手术时，母亲给了5000元钱，未前来看一眼。大姐远嫁了，这是大姐的第二次婚姻，大姐对她不仅有满肚子的怨恨，还有某种忌惮，在电话里诅咒她早死早好。

"别人都有很多人陪吗？"我反问他。

"一般也有两三个吧，病人害怕孤独。"他说。

我点点头。她第二次入院时，我把她的病情告诉母亲和大姐，母亲那边很吵。"没空，没空。"她就嚷了这句话。而大姐口气更平淡，只说了句："那是她的命。"

"暂时只有我陪。"我说。姚叔很能体谅，没再细问。

我想到一些遥远的事情，想到已经离开我们30多年的父亲，我，或者说我们母女三个人其实都不知道他是否还活在这个世上。据说他出国了，但去的不是什么富裕地方，大抵上在缅甸或越南之类的国家混，说他在异国他乡的街头卖艺糊口。他会吹横笛，在月光下听他吹《在水一方》会让你忍不住落泪。这个不靠谱的男人在30多年前坚决地扔下妻女四人，和妻女决裂了。最初他带着她，应该说判给了他，我和大姐跟着母亲，但有一天她被送了回来，说暂时放几天，从那时起，我们就没见过他。对于父亲的离去，我母亲固执地认为在自己孕育她期间，父亲出轨了，并最终导致婚姻破裂。母亲对她的出世充满难以消解的怨恨，因此当他们结束婚姻时，母亲坚决地将她给了父亲。父亲从家里离开时，我六岁，大姐八岁，她四岁多一点儿。父亲在我的印象里是一位沉默寡言，时刻保持下巴光洁，一有空就摆弄乐器的年轻男人。我记得那时家里有口琴、二胡、葫芦丝、横笛，都是他死皮赖脸从文工团磨来的，文工团副团长是他的同学——一个扎小辫子的矮个子男人。我看不出父亲有多快乐，也觉察不出他有什么痛苦非得离开我们不可。也许是我太小，有限的人生经验无法企及复杂的成人世界吧。这么多年来，父亲的一点一滴，在我的脑海里渐渐变得模糊了，有时候我甚至怀疑它们是否曾发生过。

晚上，她喝了小半碗小米粥。我们早早灭了灯，拉开落地窗的窗帘，临近中秋的月光白纱般倾泻而入，照亮了小半间屋子，窗外的菜地里传来清晰的虫鸣声。姚叔明天才进城，此时他在客厅里看电视，声音若隐若现传来，偶尔传来一声轻轻的咳嗽声。这些声响让我感到很踏实。

这间房相比于病房，显得过于寂静和宽敞，病房里有陪床的家属，面对共同的疾病和共同的结果，家属们都有一种默契的同理心，这种心理会给彼此莫大的情感安慰。如今，只有我一个人在面对结果，恐惧感随着深夜的到来一点点增加。我确实感到恐惧，面对死亡我不能不恐惧。我开始揣测她的心思，她在想什么？她如何面对心知肚明的结果？她如何说服自己离开这个五彩斑斓的世间？或者是她根本就不屑于再活下去？渐渐的，我被一种巨大的悲伤和对她的怜惜之情淹没了，应该不会有谁对自己的生命无动于衷的，应该不会有谁能心平气和地看着自己的生命消逝的，面对死亡，她应该比我更恐惧……

下半夜的时候，一种咬牙吸气的嘶嘶声响使得我瞬间惊醒。这种声音我太熟悉了，通常是她疼痛发作了。我立刻从折叠床上坐起来，亮起灯。果然，她淡黄色的枕头上是一张被疼痛折磨得扭曲的、青黑的脸，额头上闪着湿漉漉的汗水。她两只手紧紧捏着被角，紧闭着双眼，细瘦的身体在薄被下绷得很直。我扑到她床边，擦掉她脸上的汗水，并倒了半杯温开水，试图扶起她服下止痛药。

"别碰我！"她几乎拼尽全力吐出这句话。我立刻放手。我知道这个时候，任何轻微的碰触都会增加她难以承受的痛感。我跑到卫生间，取来湿润的毛巾试图让她放进嘴巴里咬，我担心她会在疼痛中错咬了自己的舌头，但她拒绝了。她死死盯着我，泪水渐渐盈满她的双眼。我拿着毛巾蹲在床边，两只手伸了又伸，不知该落在她身上什么地方。这一刻让我感到心碎，后悔答应她来这个地方。在医院里，她被疼痛折磨时，护士好歹也能帮点儿忙，即便无济于事，有专业护士在旁边也会让人备感安心。她一直在轻微颤抖，仿佛随时要从床上弹起来，我放下毛巾，伸手按住她颤动的双肩。她的身体里似乎有一股电流在流动，我知道那是疼痛，它如此剧烈地啃噬她的身体。或许是我用力的按压让她增加了抵抗疼痛的力量，一会儿之后她紧绷的身体渐渐放松下来，流着眼泪盯住我，我不敢松开双手，任她流着泪水。

"有我在，没事！"我轻声说。她的脸上浮出了模糊的笑，但很快被疼痛扯得变形破碎。

"二姐！"她虚弱地唤一声。右手松开被角，朝上慢慢举起来，在我的脸上轻轻刮了刮，我才意识到自己流泪了。

疼痛时断时续地折磨她，一直到窗外的虫鸣渐隐，黎明破晓。我不断为她擦掉身上的汗水，待她的疼痛完全缓过去，慢慢疲惫地睡去后，又为她换了一身干爽衣服。她的小腹左侧纹了一朵鲜红的玫瑰花，带两片绿色的叶子。五年前在医院照顾她时，我就发现了。当时看见她平坦的小腹上的这朵玫瑰花时，我愣了一下，复杂的情绪瞬间涌上心头。我不知道她何时纹上的这朵玫瑰花，这朵玫瑰花是否在大姐和我的婚姻里扮演过助纣为虐的角色。她十八岁开始在社会上闯荡，有时十天半个月不回家，我们都不担忧她，特别是母亲，视她为累赘。在她还未懂得自己出去赚钱时，她所有的穿戴都是捡我和大姐的，不合身的衣物丝毫掩饰不住她惊人的美貌。她极懂得察言观色，我和大姐的衣物一向是她抢着洗的，但她越乖巧，母亲对她的憎恨越强烈，有段时间甚至叫她狐狸精。母亲把对父亲所有的憎恨毫无道理地转移到了她身上……

我感到很疲倦，却毫无睡意，死亡前所未有地靠近我，我甚至嗅到了它阴沉的气息，这令我恐惧。

五年前，她和我取得联系时，在电话那头抽泣良久，才叫一声"姐"。我记得听到这声"姐"时，我感到心里有东西应声落下，碎了一地。我和她有将近十二年（母亲和大姐与她断联的时间更长）没联系了，彼此不知生死。她告诉我她需要做手术，需要亲属签字。也就在那时，我才知道她一直未婚，我们一直生活在同一座城市里，她从没离开过。在她做完手术后的这几年，我们也断断续续联系，大都是她主动找我，在节日给我送一点儿应景的食品。我告诉她大姐远嫁了，母亲不和我住，母亲在某个菜市场经营一个菜摊子。她问我是不是还一个人过，我没回答她。之后我们没再交谈过家事，彼此都在刻意逃避。

这次疼痛过后，一连好几天疼痛没再怎么折磨她，但她却眼见着一天天快速消瘦下去，小米粥喝得越来越少，有时整天只喝一些蜂蜜水。我想推她到屋外去晒晒，去河边看看河流，她拒绝了。她坐在轮椅上，在落地玻璃窗前静静瞧着窗外。我不知道她在想什么，也不知道该和她说些什么，就陪她坐着。这种寂静，这种等待一种心知肚明的结果的寂静，沉重得让人喘不过气来。

有一天午后，她照例坐在窗前，我陪在她身边，她忽然抓过我的手搭在她瘦瘦的膝盖上。

"你们都恨我，我知道。"她说。

"别瞎说！"我愣了一下，说。

"我以为爸爸爱我，而他也把我扔掉了。"她轻声说，"你比妈妈和大姐好，你给我的衣服一向都是半新的，不像大姐，衣服都磨得没了颜色才给我。"

"那时候我们小，妈妈一个人不容易。"我安慰她，但知道她说的是事实。

她轻轻摇摇头。

"我觉得你们的东西都是好的，我习惯于要你们的东西，现在，我甚至羡慕你身上穿的这件淡紫色短袖衫。"她说着，伸手抚摸我身上的短衫。我很惊愕，从没意识到小时候那些事情会对她造成如此巨大的影响，也有可能是伤害，难道这就是她先后插足我和大姐婚姻的原因？

我怔怔望着她，回忆我那段短暂的婚姻。我们谈了四年，结婚不到两年，她便赫然躺在我们的婚床上，之前此行径也发生在大姐的婚姻里。大姐扇她的耳光，一直扇到她的嘴角和鼻子流血。她没作任何辩解，也不求原谅。大姐最后结束了婚姻，和她断绝来往。我的婚姻也结束了，似乎有了大姐的婚姻作为铺垫，我显得平静很多，既不指责她，也不指责那个可悲的男人。

她开始小声哭泣，尖瘦的肩膀一抖一抖的。我不知道这哭泣意味着什么，忏悔？委屈？还是别的什么。我试图握住她的手，被她拒绝了。

"不要碰我！你们这些心狠的人，我到底……有什么错！"她哽咽着。我愣住了，我以为的忏悔和委屈原来都不是，怨恨一直占据着她的心，这么多年来，她一直带着对我们的怨恨活着。我心里一阵刺痛，她给我造成的伤害我又该找谁倾诉？该怨恨谁？

我站起来，离开她，到河边去了。午后的阳光很好，虽然还有些炙热，不过从河里泛上来的清凉河水气息让人感到很舒适。这么多年来一个人过日子，我早就学会尽快清空内心不好的情绪了，不再指望得到来自他人的分担和抚慰。但她的话带给我的刺痛，此时却久久不肯散去。我想起小时候我们母女四个人还一起生活的那些年，生活的艰辛让每个人都变得自顾不暇，变得自私冷漠。母亲几乎没有一天有好心情，她的心情一不好，无一例外都发泄到她身上。她缩在家里的某个角落里，我和大姐走过她面前时，她的双眼就可怜巴巴地寻找我们的目光，企图从姐姐们这里得到慰藉。但我们从没在她面前停下过脚步。大家都很忙，不忙的时候也没心思顾及她。她本该跟着父亲的，她回来无疑增添了我们的负担。那时候我们想到的只有负担，全然没顾及她是我们的手足，以及我们的嫌弃与忽视对她造成的伤害。那真是一段特别心酸的岁月，也许，她有怨恨是应该的……

直到傍晚，我才从河边回来，她还坐在那里，看见我走进来，她就急切地寻找我的目光。那是我所熟悉的带着讨好与小心翼翼的目光。

"我以为你走了！"她说。

"不会！"我立刻回答。她的样子让我充满自责。她觉得我会在这个时候扔下她，足见她内心对于血脉亲情其实并不做任何指望的。

"听着。"我在她的轮椅边蹲下来，对她说，"无论什么时候，我都不会离开你，这一点你要像信任自己一样信任我。"

"不会永远，我没有多少时间了。"她说。她平静得令我心碎。渐渐临近中秋节，她除了让我搀着上卫生间，越发不想下床了，她的身体在无可逆转地变得日渐虚弱。她让我把床挪到靠近落地窗的地方，这样可以看见外面宽广的景致。我把床挪过去了，又买来两个枕头垫在她的后背，这样她就可以半躺半坐望着窗外的世界了。

接下来的日子，她渐渐进入昏睡中，醒的时候就是被疼痛折磨的时候，连小米粥也吃不下了。她快速地瘦下去，状态令我极为担忧，同时对死亡的恐惧也越发深重地笼罩着我。我并不是害怕死亡本身，但我害怕死亡降临到她的生命里。在这一刻，在她的生命之线随时都有可能挣断的时刻，一种我从未感觉过的强烈血脉亲情弥漫在我的心间，我一想到要失去她，便有一种撕心裂肺的痛楚。

她的状况让我无暇干其他事情，我整日守着她。在昏睡中，她会突然打一个很大的激灵，像是在做噩梦。这一切都带着不祥的预兆。

我努力回忆我们一起生活的时光，她喜欢吃什么，她有什么兴趣，也许能在这最后的时刻尽力为她做点儿什么。然而那段岁月如此模糊，或者说关于她的一切是那样模糊，由于我们的不在意与忽视而造成的模糊。我居然不太清楚她的喜好。这让我极为难过，我忍不住躲到厨房里哭泣，然后开始给母亲和大姐打电话。大姐的态度犹犹豫豫，问了一下她的病情，没说回不回来。我几乎要和母亲在电话里吵起来，母亲还是那样固执，认为她是这个家一切霉运的开始，并且认为这次也会像上次那样有惊无险，过不了多久她又能活过来祸害人了。我反复给她们打电话，不断说服她们，并告诉她们，再不来就真的再也见不到她了。最后母亲和大姐总算答应在中秋节这天来看她。

等她再一次从昏睡中醒来时，我小心翼翼地把母亲和大姐中秋节要来的消息告诉她。她瞪着一双大眼睛盯住我，脸上毫无表情。我以为她没听清楚，又重复了一遍，她就闭上双眼，仿佛累极了。对于母亲和大姐要来的事情，她始终没有任何表示，什么也不问，仿佛没有这件事情。我不知道她内心是怎么想的，她的话也明显变得少了，她一言不发地躺着，要不然就坐在轮椅上长时间凝望窗外，沉浸在不为我所知的世界里。中秋节前两天的下午，她忽然说想在村里走一走，我便推着她出门了。

来这个村子将近三个星期，她还是第一次出门，我除了出村去要过两次换洗衣物，其实也没在村里走过。我推着她在村里的水泥路上走。傍晚时分的村庄是极美的，中午的炙热退去后，徐徐而来的晚风带来河水清凉的气息和香蕉叶淡淡的青涩味，河水与植物的混合气息如此迷人。而阳光像薄绸一样明亮柔软，这层阳光让村庄看起来有一种温暖的陈旧感。也只有在这个时候，白天鲜少人迹的村庄才会有片刻的小小喧闹。在街巷里走动的人多了起来，多半是上了年纪，像姚叔那样的守村老人。他们从村庄之外的田野回来，挑各种蔬菜和谷物，相遇时向我们报以朴实的善意微笑，他们带来的这一切使白日过于沉寂的村庄有了一种淡淡的轻快氛围，让人得以暂时忘掉每扇半遮半掩的门里，都可能有一个已快要走到生命尽头的病人的残酷现实。在这里，我们这些暂时的寄居者是不串门的，没什么可交流，有的只是共同的哀愁与伤悲。村庄大部分时间都很安静，隔不了几天就会从某个角落传来一阵短促激烈的鞭炮声，意味着又有一个生命离去了。每当有鞭炮声响起，我总忍不住惊慌地望向她，但她仿佛没听见似的。她有一种与这个村庄极为相似的安静。我痛恨这种鞭炮声，每响起一次，我的内心就崩塌一次，但我阻止不了什么。

路上不断碰到从野地里回来的老人，他们挑东西的矫健身影让我对健康的生命有了前所未有的强烈渴望，我甚至想伸手把自己从头到脚认真抚摸一遍，看看自己是否完好无损。和她待在一起久了，她日渐破损的生命让我觉得自己也脆弱得不堪一击。

我们顺着水泥路转了两圈村子，一路上什么都没说。她静静地瞧着迎面而来的一切：人，活蹦乱跳的家禽，房屋，香蕉，贴着路面打转的小旋风。她还让我把轮椅推到河边一处简易的码头。到码头后，她居然从轮椅上站起来，颤巍巍地走下码头，然后坐下，脱掉鞋子，把两只脚浸泡在河水里，并回过头朝我微笑，似乎为自己还能自如地做这些事情而感到得意。

我走下台阶，坐下陪她。阳光明亮地照耀在万物之上，风很轻，河水的流动不声不响，阳光在水面上跳跃，一片金光万丈。她轻轻靠到我身上，盯住鳞光闪闪的河面。

"我想起很多小时候的事情。"她轻声对我说。

我问她想起什么，她不肯说，却叫我讲讲我这些年的生活。我便给她讲了离婚后的一段恋情。对方是个没什么本事但脾气很温顺的男人，带一个听力不好的五岁女儿。我们相处了一年零三个月，在梅雨季节分开了。那年的梅雨季雨水真多，太多了，一不小心就把你的双眼给弄湿润了。

"后来怎么不成了？"她问。

我没回答，心里隐隐泛起疼。我们沉默了一会儿，她轻声说："我知道，你心里还有姐夫。"

我笑起来，并且努力发出笑声，让她知道我在笑。但她无法看见我渐渐泛起来的泪水。

天空还很明亮，一轮淡淡的明月早已悬在空中。暮色落尽后便是清风明月，大概在村庄什么地方有桂花树，空气中有桂花淡淡的清香飘浮。我们在河边一直坐到天完全黑下来才回去。

为了迎接八月十五的到来，我进了一趟城，买回月饼、柚子、石榴、香烛等。我把月饼端给她，告诉她全是豆沙馅。她笑起来：那是小时候她极喜欢的。那时过中秋节，对于母亲预先备下并藏起来的月饼，她总有办法找到，并准确吃掉那个豆沙馅的。她因此没少挨打。

我掰开一小半递给她，她皱着眉头急急扭过脸，然后栽倒在床边，排山倒海地呕吐起来。我不断抚摸她的后背，其实她什么都没吐出来，她几乎不吃东西，没什么可吐的，最后她朝地上吐出了一大口鲜血。

我在惊慌中急忙扯过枕头巾扔到地上盖住了。我希望她什么都没看见。她稍稍缓和后，我扶她在床上躺好，她闭着眼睛喘了好久，才睁开双眼。

"油味太重……闻不得。"她有些哽咽，双眼泪光闪闪。

在这几个月里和她朝夕相伴，亲眼看她无可救药地一点一点地衰弱下去，慢慢地也接受了她将离去的事实。但此时她眼中的绝望泪水像一把炽烈的火，燃得我五脏俱焚的。

"没事，有胃口了再吃。"面对她的泪水，我说了一句毫无意义的话。她默默喘着，不语。此时我特别痛恨自己，想做点儿什么却力所不及所产生的痛恨。生命中有太多无能为力的东西了。

似乎这阵呕吐耗尽了她所有的体力，她在黄昏时开始陷入昏睡。我隔几个小时就在床边轻声呼唤她，抚摸她的手背。然而除了微弱的呼吸和偶尔一阵轻微的身体痉挛，她没再给我任何回应。我无法唤醒她哪怕让她喝上一小口蜂蜜水，我只好用棉签蘸了水涂抹她干燥的双唇，避免干裂。她一直昏睡到第二天天黑之后月光如水般透过落地窗时，才慢慢醒来，疲惫至极的神情笼罩在她的脸上，仿佛昏睡是一件极为吃力的事情。我也困意深重，双目滞涩，在她昏睡时几乎没闭过双眼，怕错过她苏醒过来的时候，更怕她从此一睡不醒。我拧了热毛巾给她擦脸，又给她冲一杯温蜂蜜水喝，之后她的精神慢慢恢复，很平静地望着窗外的月光。

"明天就是中秋节了。"她笑意浅浅地说。大概看到我脸上浓重的倦态，极力劝我躺一会儿。我想到母亲和大姐明天就要到来，心里踏实了不少。我需要她们和我共同面对日渐逼近的死亡，这种等待的过程太过于沉重和煎熬，我感觉自己快要扛不住了。

实在太困了，洗漱后我几乎一躺下便沉沉睡去，但睡得并不安稳，纷乱的梦争先恐后地朝我扑来，仿佛我亏欠了它们似的。有阳光、有月光、有星辰、有草木、有徐徐的微风，最后是暴雨，还有在暴雨中坍塌的屋墙。我赫然发现她站在即将倒塌的老屋前，暴雨如注地浇在她的身上，她浑身湿透了。我挥舞手臂拼命朝她叫喊，告诉她赶紧离开那里。但她并没有听见，一言不发地站着，她的目光一直盯着什么，或者在倾听着什么，直到暴雨之下的房屋轰然倒塌，将她掩埋……

我蓦然睁开眼睛，心几乎要破胸而出般剧烈跳荡，耳边还响着梦中暴雨的声音。接着便听见手机响了，我扭头朝她的床上望去，那里空无一人。我的睡意立刻全消，坐起来才发现天色已经大亮，落地窗好像开了，窗帘在轻微地随风飘动。我坐起来，奔到落地窗前拉开窗帘，窗户确实是打开的，朝外面的菜地和四周张望，却不见她。我接了电话，是母亲打来的，她说和大姐已经到村口，叫我出去接她们。我打开房门，里里外外找，也不见人影，开始着急起来。她几个月前就不用手机了，人不在眼前，我便失去了所有和她联系的方式。强烈的不安感瞬间产生，我急匆匆朝村口走去，一路上东张西望，希望能发现她。村路上静悄悄的。在村口遇见母亲和大姐，我才发现自己流着泪。

"她不见了。"我说，"我太累了，睡得太死，醒来就发现她不见了，也不知多久了。"我忽然感到累极了，一种很沉的东西向我的双腿灌注而下。

母亲和大姐面面相觑。大姐远嫁后，我们有十几年没见了，她没见怎么老，不胖不瘦，日子应该过得还不错。母亲则衰老了很多，不过她的眼神依然是我从小所熟悉的那种坚毅，即便她现在面对我的惊慌和眼泪也依然很坚定，也许她还未能完全明白她将要失去什么。

"她真的不见了。"我再一次说，终于哭了出来。也就在这一刻，我猛然醒悟了，我可能犯了一个极为严重的错误：也许她并未想见母亲和大姐，或者说她并不想以如此不堪的状态见到她们。她从小在我们的忽视与否定中长大，肯定非常在意自己在亲人面前的形象，我为什么没能想到这一点？

我号啕大哭起来，领着母亲和大姐朝我们昨天坐过的河边码头奔去。就是一个极为简易的小码头，很安静，河面波澜不惊的。没有她。但我一眼就看见了她的绣花缎面拖鞋，它们整齐地摆放在码头边上，旁边放着一束五颜六色的野花。我扑向它们，拿起那把野花，发现下面压着一张照片，是我们一家五口的合照，彩色的，但颜色已经很淡了。那时她坐在父亲的怀里，扎着两个冲天辫子，一脸天真的笑。

（原载《雨花》2022年第6期）

后　记

　　一本书的后记，到底要记些什么？

　　这很让我头疼。记下这本书每一篇作品的写作过程，毫无疑问，我是极不愿意这样做的。每一篇作品，校对完最后一个句号后，我再也没有兴趣多看一眼了。我相信每一个写作者在写作的过程中感受都是不一样的，写作天赋高的人觉得整个写作过程充满愉悦、享受。我羡慕他们。我并非写作天赋高的人，每一篇作品，都极大地消耗我的体力、精力、耐力以及智慧，甚至健康与生命。整个创作的过程，其实是自我较量的过程。我想，在我的生活中，再也没有比这更痛苦的事情了。

　　但为什么还乐此不疲？我回答不出为什么。

　　这也许和性情有关。我有长达十年不上班的经历，在这段不算短的时光里，我将绝大部分的我，以及绝大部分的时间都交给了阅读和写作，以此养活自己。比上不足比下有余。这本书的所有作品就是在这段时间里完

后　记

成的其中之一二三。我每一天都是这样度过的：早起（一般不会超过六点）先烧一壶茶，然后洗漱。假如手里正在写作品，就洗漱后喝上一大杯热茶，把最后一点儿睡意彻底驱散，开始坐在电脑前写作。十点左右简单煮一顿早餐兼午餐，吃完继续写作。中午十二点后休息，下午两点又烧一壶茶，开始阅读。下午六点左右去跑步，八公里或者十公里，回来再做五十分钟的瑜伽，当作跑步后的拉伸。晚餐一般不怎么吃，实在饿就吃一个苹果。假如没有写作，白天几乎都在阅读，疲劳（阅读其实很让人疲劳）了便收拾屋子，下午六点再去跑步，回来后做瑜伽。晚上基本也是阅读。没有约会，推掉所有的饭局和晚茶。假如某一个星期连续下雨（南方多雨，雨季时连着下个把星期是正常的），我无法外出跑步，冰箱里正好又有够吃的蔬菜，那么这一个星期除了下楼扔垃圾，我便没有任何外出的可能了（当然也没兴趣外出），而正好这一个星期没有任何电话打进来（实际上我常常有这样的情况），这就意味着，我可以整整一个星期不说一句话。

　　整整一个星期不说一句话，而我竟然未觉得有何异常。这样的性情，不写作又能做什么呢？性格决定命运，这句话太精辟了！也由于写作，让我陷入了更为彻底的寂静之中。

我选择写作像是性格所致。一晃，便有十多年。目前我尚无法为自己的写作做出相对准确的总结，总感觉还缺点儿什么。到底是什么？一篇被读者认可的代表作？还是自己相对满意的作品？没有明晰的答案。

然而我感谢这种犹疑，正因为无法确定，它成为我继续写下去的理由与动力，就为了追寻那个也许永远也没有正确答案的"缺一点儿什么"！

陶丽群

2023年6月15日